Cuentos para Gadea

La niña que no conoció la guerra

Mery Varona

He ido escribiendo estos cuentos a lo largo de los años. Algunos evocan mis vivencias personales de niña asilvestrada y libre corriendo por Aranda, otros son relatos que me han contado aquí y allá. En *Arsenio*, el viaje al exilio de don Antonio Machado es deudor del libro *Ligero de equipaje*, de mi admirado Ian Gibson. Cualquier coincidencia en nombres o situaciones es puro azar.

A Jaime, por ser y estar

A Ada y Loreto

A Virgilio, por la infancia compartida

ÍNDICE

I

Cuentos de la historia

ARSENIO

Arsenio el Mejicano sabía contar historias. Cuando cumplí trece años me dijo: no puedo regalarte una muñeca porque ya no eres una niña, ni un perfume porque aún no eres una señorita. Te regalo una historia que es mía y tuya y que será de tus hijos y de tus nietos. Fue la primera vez que oí hablar de las fosas comunes y de las sacas de la guerra civil española.

Arsenio el Mejicano, en verdad, había nacido en mi pueblo, era hijo de un abogado terrateniente y había estudiado en la Institución Libre de Enseñanza. Las tierras familiares producían vino, remolacha, cereales y maíz, una rareza para la época. No era la única singularidad familiar, también cultivaba un concepto de la justicia y la equidad infrecuentes en un ámbito tan imbuido del caciquismo como Aranda.

De joven, Arsenio se afilió a Izquierda Republicana. Se hizo famoso por su oposición al Partido Agrario, que era el más influyente en la comarca, fundado por José Martínez de Velasco, un prócer local que había sido breve alcalde de Madrid, diputado con la Monarquía o ministro de Industria, Comercio y Agricultura y de Estado en la República.

Los agrarios tenían inquina a Arsenio por su verbo persuasivo y brillante y porque le consideraban uno de los suyos, desviado, pero de los suyos y, por lo mismo, doblemente traidor. Don José se burlaba de él en los mítines, calificándolo como *"ese joven obrero señorito que viene a enseñarnos cómo hay que gestionar nuestras tierras"*.

Arsenio respondía atacando a los caciques que *"dicen defender a los labradores cuando en realidad defienden sus propios privilegios, y a la familia cuando lo que sostienen es la esclavitud legalizada y el sometimiento de las mujeres"*. Y hasta sus adversarios admitían que lo hacía con palabras que cualquiera podía entender, hombre o mujer, letrado o ignorante.

La historia que me contó Arsenio empezaba el 18 de julio de 1936, cuando una parte del ejército español se sublevó contra la República. El alzamiento militar le pilló en Madrid y solo por eso se libró. Porque en el pueblo se organizó una represalia feroz instigada o consentida por el capitán de la guardia civil, Enrique García Lasierra. Como en una partida de ajedrez estratégicamente planificada, García Lasierra, escoltado por la guardia civil, emprendió una cascada de detenciones dirigidas a cortar de raíz cualquier intento de oposición en el pueblo. A primera hora de la mañana del día 19, acudió al Ayuntamiento, se hizo cargo del poder municipal y detuvo a los corporativos cesados, algunos en la misma casa consistorial, el resto en sus domicilios.

"Sabemos que la noche del 18 de julio estuvo a punto de desarrollarse una seria catástrofe en

Aranda por las hordas marxistas. De ellas nos libró con su sagacidad, valentía y prudencia, el capitán de la guardia civil, Sr. Lasierra. A él debe Aranda el que esa noche no se desbordara en hechos vandálicos la fiera revolucionaria cual era su propósito y así amaneció el día 19 trayendo de Burgos, donde fuera aquella noche el señor Lasierra el bando de instrucciones para hacerse cargo de la población" aclaraba el periódico local, editado por la congregación claretiana.

Al caer la noche, todos los afiliados a la UGT de Renfe que permanecían en el pueblo, confiados en los consejos del alcalde y concejales, habían sido detenidos. Cientos de afiliados y simpatizantes de partidos de izquierda fueron arrestados o pasaron a la situación de búsqueda y captura. En la tarde del lunes 20, Arsenio aún pudo hablar por teléfono con su padre.

- No se te ocurra aparecer por aquí, le dijo, y procura ponerte a resguardo porque esto va a convertirse en una borrachera de sangre.

No le dijo, sin embargo, que ese mismo día la guardia civil se había llevado a su hermano. Hasta que todo terminó Arsenio no volvió a hablar con su padre. A mediados de agosto, recibió una carta en la que le decía que ése era el momento de defender las ideas de justicia e igualdad en una España republicana. No mencionó que su hermano seguía detenido como decenas de personas de la comarca pero le sugirió que contactara con José Martínez de Velasco y le indicara la conveniencia de que se trasladara al pueblo, donde ocurrían algunos desmanes que, estaba seguro, él desautorizaría.

Que en el pueblo alguien se desmandara estaba dentro de lo razonable. De hecho, era lo cotidiano incluso sin levantamiento militar. En los últimos meses, rara había sido la semana que los falangistas no montaban alguna algarada, respondida con idéntica contundencia por cualquiera de los grupos de izquierda, los comunistas o los de la CNT.

Cuando la cultura sea un patrimonio común y no un privilegio de las clases dominantes los españoles nos desprenderemos de la violencia y nos entenderemos con el diálogo y el razonamiento, discurría Arsenio todavía por aquellos días. En cuanto al recado de su padre, el apremio de la defensa de Madrid le había absorbido de tal manera que había olvidado a sus antiguos adversarios del pueblo.

Las primeras gestiones no pudieron ser más desalentadoras. Al conocerse el levantamiento militar algunos políticos conservadores habían sido detenidos y recluidos en la cárcel Modelo, a las afueras de Madrid. Allí estaban, entre otros, José Martínez de Velasco, diputado a Cortes, subsecretario del Ministerio de Gracia y Justicia, con la Monarquía, ministro de Estado y vicepresidente de las Cortes con la República. Le acompañaban también Melquíades Álvarez, jurista, diputado y ex presidente del Parlamento, fundador del Partido Republicano Liberal Demócrata Reformista, en el que militaba Manuel Azaña; Fernando Primo de Rivera, hijo del dictador Miguel Primo de Rivera y hermano de José Antonio, el fundador de la Falange; y el piloto Julio Ruiz de Alda, muy popular por haber protagonizado con Ramón Franco y Pablo Rada la hazaña del Plus Ultra, el primer vuelo trasatlántico entre España y Buenos Aires. Ninguno de ellos había sido procesado, estaban detenidos bajo la sospecha de simpatizar con los sublevados.

En aquel Madrid amenazado por las tropas insurrectas, al gobierno le resultaba muy difícil mantener el control de las distintas fuerzas políticas, dispuestas a defender el orden constitucional, pero cada cual con una estrategia diferente, contaba Arsenio. La cárcel Modelo estaba en manos de los anarquistas. El 20 de agosto, negoció con el jefe cenetista una visita a Martínez de Velasco.

- Es de mi pueblo, le explicó.

- Pues vaya gentuza que hay en tu pueblo, respondió el miliciano de la CNT.

- ¿En el tuyo no?, contestó él.

La prisión aparecía atestada. En el enorme edificio de Moncloa los presos vivían hacinados, en condiciones penosas. Todos eran de ideología conservadora y muchos simpatizaban con los sublevados pero no todos estaban dispuestos a levantarse en armas contra el gobierno, los había que habían servido lealmente a la República, convencidos de que ésta podría sustituir con ventaja a la derrocada Monarquía.

Más aún que en el resto de España, en Madrid se habían vivido con angustia los días previos al levantamiento militar. El 12 de julio, unos pistoleros fascistas habían asesinado al teniente Castillo, un joven socialista recién casado; el día 13, un grupo de la policía había secuestrado y asesinado al líder del partido monárquico, José Calvo Sotelo; el 14, falangistas y guardias de asalto habían cruzado disparos que causaron cuatro muertos.

Así no podemos seguir, pensaban muchos. La República no puede sostenerse si cualquier grupo faccioso puede asesinar impunemente a la policía, la policía se dedica a secuestrar y ejecutar a los diputados y cualquiera puede enfrentarse a tiros en las calles. Esta es la señal del alzamiento, se dijeron los militares rebeldes, que llevaban meses preparando el golpe contra el gobierno de izquierda elegido en febrero de 1936.

Luego, todo había ido a peor. El gobierno presidido por Casares Quiroga había pecado de ingenuidad, primero, y de falta de autoridad, después. Como consecuencia, la capital se había convertido en un reino de taifas donde cabecillas socialistas, comunistas y anarquistas se disputaban el derecho a detener a cualquier persona sospechosa de no ser lo suficientemente entusiasta con el gobierno legal. Así las cosas, mejor en la cárcel que en la calle, pensó Arsenio al acordarse de Martínez de Velasco.

Se dirigió a la galería de políticos intentando que su visita fuera lo más discreta posible. Don José estaba visiblemente abatido y muy inquieto por el futuro de su mujer, Josefina Arias de Miranda, que se había refugiado en la Embajada de Bélgica.

- Mi padre me manda para que ejerza su autoridad con los dirigentes de Aranda, al parecer están ocurriendo algunos desmanes que usted podría evitar, le sugirió.

- Yo no puedo interceder ante nadie porque estoy incomunicado con mi gente, sólo a un insensato como tú se le ocurriría arriesgarse para venir a verme a un lugar como éste, respondió el preso.

Arsenio le aconsejó mantenerse próximo a don Melquíades Álvarez, a quien suponía protegido por Azaña, de quien había sido mentor.

- Desengáñate, hijo, en estas circunstancias no hay nadie a salvo, le dijo.

Nunca, y le conocía desde niño, había visto Arsenio tan próximo, tan humano, ni tan rendido a Martínez de Velasco.

- Ya ves dónde han conducido nuestros ideales, admitió tristemente, a esta guerra en la que hemos caído todos, los de un lado y los del otro.

Arsenio estuvo tentado de decirle que eran los suyos quienes se habían levantado en armas contra el gobierno legal, que él se estaba limitando a defender a la República, de la que el político había sido uno de sus representantes.

- No son los míos quienes han abierto la contienda, sino quienes se han levantado en armas contra el gobierno legítimo de la República, pensó responder, pero sintió un sabor amargo en la boca.

Don José representaba a una clase política decadente que, no le cabía duda, estaba llamada a desaparecer para que España prosperara pero, cualquiera que fuera su error, no merecía encontrarse en aquel trance, pensó. Por él mismo y por los miles de votantes que habían confiado en él. Prometió volver a verle y se despidieron con un abrazo.

Dos días después, se declaró un incendio en la cárcel Modelo. En el tumulto, desde los edificios próximos se ametralló a los presos que permanecían en el patio, mientras un puñado de milicianos trataba de asaltar la prisión. Ni el director general de Seguridad, ni el de Prisiones, ni el ministro de la Gobernación acertaron a controlar la situación y evitar la masacre. Una treintena de detenidos murieron alevosamente. Melquíades Álvarez, José Martínez de Velasco, Julio Ruiz de Alda, Fernando Primo de Rivera, entre ellos.

Arsenio supo de la muerte de don José al día siguiente porque en esas fechas su primera preocupación era cortar el paso a las tropas rebeldes que atacaban por Somosierra, en el frente norte, y por Toledo en el frente sur. Castilla, Galicia, Navarra, una parte de Andalucía, de Extremadura y de Aragón ya eran de los sublevados. El Gobierno de la República parecía incapaz de enfrentarse eficazmente a la insurrección. Aquello no era un levantamiento, era una guerra, una guerra entre españoles, como había advertido don José.

- Guerra o sedición militar, lo de la cárcel Modelo no tiene justificación, se quejó en el comité político, las fuerzas incontroladas están socavando la autoridad moral de la República.

- La autoridad moral de la República emana de ella misma y no hay que hay que dar pábulo al derrotismo, le respondieron.

Cuando empezó 1937, Arsenio había perdido la cuenta de los amigos que habían caído en uno y otro bando. Emiliano Barral había muerto en el frente de Usera. Emiliano era un escultor de Sepúlveda. Un socialista persuadido de que el mundo podría ser un lugar acogedor para todos, no sólo para los privilegiados. Era un hombre de bien. Su bonhomía le granjeó la amistad de don Antonio Machado, al que había conocido en los años 20, durante la estancia del poeta en Segovia, y de quien había hecho un busto. Don Antonio, a cambio, le dedicó unos versos:

"Y tu cincel me esculpía
en una piedra rosada
que lleva una aurora fría
eternamente encantada".

Cuando el levantamiento militar, Emiliano trabajaba en Madrid, donde también vivía don Antonio, al que habían visitado varias veces. Emiliano colaboró en la recuperación de bienes artísticos de la capital, con Rafael Alberti y María Teresa León. Emiliano podía haberse librado de ir al frente como se habían librado otros intelectuales y artistas pero él creía que si la República sucumbía y triunfaban los sublevados, se hundirían los cimientos del mundo que estaban tratando de construir. Y entonces daría igual el arte y la literatura.

- Si los facciosos entran en Madrid y se hacen con el gobierno España dará un salto atrás, volverá al oscurantismo y a la fe ciega de las sacristías, caerá de nuevo en manos de los caciques, de la oligarquía, de los militares africanistas y se acabará la esperanza, había dicho la última vez que se vieron.

En el entierro de Emiliano Arsenio saludó a don Antonio, que parecía muy acongojado. Estaba seguro de que él también se había percatado de que estaban siendo diezmados, de que estaba cayendo una generación de españoles dispuestos a luchar por lo que, desde uno y otro lado, pensaban que era una sociedad mejor. En aquel tablero de ajedrez en que se había convertido España poderes ajenos a los ideales de unos y otros estaban jugando sus bazas ¿Quién está empujando esta masacre?, se preguntaba aún.

La guerra fue un suicidio colectivo, las izquierdas, los constitucionalistas, los nacionalistas y los revolucionarios no supieron parar la sublevación en el primer momento, y luego, no fueron capaces de controlar sus propias fuerzas:

se dispersaron las energías y acabaron luchando contra los molinos de viento que eran ellos mismos. La derecha cavernaria, los burgueses, los aristócratas, los terratenientes, los obispos, no entendieron que el siglo XIX había terminado tres décadas atrás y se empeñaron en defender unos privilegios que solo podían prosperar eliminando a la mitad de la población.

Eso era lo único que podía explicar que se hubiera encomendado el mando y el poder a alguien tan negado para la guerra moderna y para la política como Francisco Franco. El autoproclamado Generalísimo era el más cualificado representante de la facción africanista del ejército, experto en dejar tras de sí muertos y tierra quemada, estrategia que había aplicado en Marruecos, en Asturias en 1934 y que volvía a aplicar en los territorios rendidos. Muertos y terror. Las potencias extranjeras cerraron los ojos mientras Alemania e Italia armaban a los sublevados; Francia e Inglaterra negaban a la República el derecho a defenderse declarando una imparcialidad que tenía mucho de capitulación ante el fascismo, que tan alto precio iba a costar a los países democráticos.

Acababa 1937 cuando Arsenio supo que su hermano había sido asesinado. Él y muchos otros tan culpables como él. Culpables de haber creído en la reforma agraria, en una distribución de la riqueza con más justicia, culpables de haber soñado con una república laica, culpables de simpatizar con la izquierda o, como en el caso de su hermano, culpable de encontrarse donde buscaban a otro. Se podía morir por cualquier cosa porque en aquella locura colectiva había muchos dispuestos a matar. Matar por odio, por envidia, por ajuste de cuentas. Matar por orden divina y con indulgencia plenaria. La iglesia católica, tan poderosa e influyente, bendecía a los sublevados y declaraba la guerra civil cruzada contra el comunismo. Pero los cruzados habían ido a buscarle a él, que no era comunista, y se habían llevado a su hermano, un ingeniero agrónomo que nunca había sentido interés por la política.

Los detenidos en aquellas redadas de primera hora fueron confinados en la cárcel de Burgos, la mayoría sin acusación ni procesamiento. A primeros de agosto empezaron a salir en pequeños grupos, de noche, maniatados. El hermano de Arsenio salió en la saca del 25 de agosto de 1936. Le acompañaba el alcalde y cinco de los concejales de izquierda.

- Lo supimos porque lo contó Eusebio Garcillán, que estaba con ellos en la cárcel. Llegó Elías Gómez, el falangista, y dijo a este, este, este, este y este. Y se los llevaron.

El padre de Arsenio se enteró cuando fue a visitar a su hijo.

- Ya no está aquí, no vamos a estar toda la vida alimentando al enemigo, le respondieron.

El padre, que había inculcado a sus hijos los beneficios del diálogo, del entendimiento, de la comprensión, se sintió perdido en medio de aquella sinrazón. Primero, apeló al derecho a saber dónde estaba su hijo y, luego, reclamó el cadáver si es que estaba muerto.

- Bastante tenemos con lo que tenemos, para andar buscando cadáveres de rojos. Si le hubiera educado mejor, no se habría visto en este trance, le respondió el jefe de la cárcel.

Fue inútil pedir un documento, el certificado de defunción. No había ley que amparara a los republicanos. Entonces ya se hablaba de que los paseos y las sacas acababan en fosas comunes y alguien mencionó un lugar en el monte, cerca del pueblo. Pero oficialmente no existían fosas, ni sacas, ni muertos a medianoche, ni ajuste de cuentas. Oficialmente, el Alzamiento Nacional venía a reponer el principio de ley y orden y era muy arriesgado cuestionar la verdad oficial. La verdad oficial era que el hermano de Arsenio había sido detenido el 19 de julio por su oposición a la legalidad vigente y trasladado a la prisión de Burgos de donde había salido el 25 de agosto. Lo que hubiera pasado después era cosa suya.

- Teniendo en cuenta los antecedentes familiares, lo más probable es que se haya pasado al bando de los rojos, respondió el capitán García Lasierra cuando el padre fue a solicitar el certificado de defunción.

Les costó casi tres años, pero finalmente los sublevados ganaron la guerra y los republicanos perdieron la paz y la oportunidad de regenerar España. Arsenio, además, perdió la fe en el pasado, en el presente, en el futuro y en la humanidad.

En noviembre de 1938 fue evacuado a Valencia. A despecho del discurso oficial que seguía hablando de la recuperación de los territorios perdidos, muchos pensaban que aquello se desmoronaba sin remedio. El gobierno de la República era el primero que, ante el avance de las tropas fascistas, se había puesto a salvo en Valencia. Allí supo que a don Antonio Machado le habían enviado a Barcelona en abril de ese año. Pudo llegar en barco a la capital catalana, convertida entonces en refugio de los intelectuales.

En Barcelona habían recalado José Bergamín, León Felipe, Rafael Alberti, Manuel Altolaguirre, Juan Gil-Albert, Miguel Hernández y Antonio Machado. Don Antonio vivía en la Torre Castañer, un edificio señorial pero medio derruido que había sido residencia de Alfonso XIII. Le acompañaban su madre, doña Ana, su hermano José y su cuñada Matea. En el Hotel Majestic se alojaban Joaquín Machado y su mujer. Al cuarto hermano de los Machado, Manuel, el alzamiento le había sorprendido en Burgos por puro azar, mientras visitaba a una cuñada monja.

El poeta, que siempre había parecido mayor, ahora era un viejo mal afeitado y peor trajeado, con dificultades para andar. Tenía en los ojos una nube de tristeza como si todos los pesares de su vida se hubieran venido a reunir en ese punto y momento. Le reconoció como el amigo de Emiliano y le invitó a comer.

Dondequiera que fuera sólo se hablaba de la inminencia de la ofensiva sobre Barcelona. Arsenio se ofreció como conductor y le asignaron una de las ambulancias previstas para la evacuación de los intelectuales.

- Conozco a don Antonio Machado, está enfermo y le acompaña su madre, que es muy mayor, creo que les reconfortaría la compañía de alguien conocido, propuso. Había mucho desconcierto en la preparación pero les pareció razonable la propuesta.

El 22 de enero salieron de Barcelona. Viajaban en la ambulancia el poeta, su madre, su hermano José y su cuñada Matea, el doctor Puche, el filósofo Joaquín Xirau y su mujer. Hicieron una parada en una masía de Raset, ya en la provincia de Gerona, donde se les unió Corpus Barga, periodista y poeta, otros intelectuales y médicos. El 26 de enero cayó Barcelona y recibieron la orden de evacuar a Gerona. Trajeron otra ambulancia y una camioneta para trasladar los equipajes. El día 27, tomaron el camino de la frontera francesa. Don Antonio era un anciano desvalido y afligido. Al llegar a La Escala, aparecieron en el cielo los aviones de Franco. La gente buscó refugio fuera de los coches pero don Antonio y su madre, con dificultades para moverse, permanecieron en la ambulancia. Arsenio se quedó acompañándolos.

- Yo no debía salir de España. Sería mejor que me quedara a morir en una cuneta, distinguió la voz del poeta.

Poco antes de llegar a la frontera, los coches quedaron atascados. Estaba a punto de caer la noche, llovía torrencialmente y hacía mucho frío. Todos trataban de proteger a doña Ana, empapada por la lluvia, y a don Antonio, que tenía que ser sostenido en volandas para poder avanzar. Arsenio volvió a su ambulancia.

Cruzó la frontera la tarde del 28 de enero de 1939. El salvoconducto de conductor le facilitó el paso ante los soldados senegaleses que trataban de cribar el aluvión de refugiados. No quiso mirar atrás. Había soportado tres años de guerra, había perdido a la mayor parte de sus amigos, ignoraba si tenía familia o estaba solo en el mundo, había visto algunos ejemplos de abnegación y de heroísmo pero también se sentía traicionado por algunos compañeros de ideales en quienes había confiado. Palabras como patria o fraternidad, habían perdido todo significado para él.

Los Machado se habían refugiado en el Hotel Bougnol-Quintana de Collioure, dirigido por una mujer simpatizante de la República española, Pauline Quintana.

La evacuación había sido demasiado penosa para la ya delicada salud de don Antonio y para la avanzada edad de su madre. Don Antonio se estaba dejando morir. De hecho, murió el 22 de febrero, que era miércoles de ceniza, a las tres y media de la tarde, en la misma habitación en la que, inconsciente, agonizaba su madre.

El cadáver de uno de los más grandes poetas que ha dado España, fue velado por sus amigos y por algunos de los exiliados españoles que en los días anteriores habían llegado a Francia. Allí estuvo Arsenio, por sí mismo y por su amigo Emiliano Barral.

- Ese triste orgullo me cabe, decía, el de haber acompañado a ambos a la tumba. Le gustaba recordar, para que no se olvidara, que don Antonio Machado murió en el exilio, solo, pobre y triste.

Tres días después moriría doña Ana, pero él ya no estaba allí.

- La Francia, mucha egalité, legalité y fraternité pero en aquella ocasión se portaron con los republicanos españoles como delegados del gobierno franquista, decía.

Miles de españoles cruzaron la frontera francesa entre enero y marzo de 1939. Cuando creían salvarse del acoso de los fascistas y alcanzar la libertad de un país con tradición hospitalaria resultó que les esperaban los campos de concentración. Mujeres, hombres, niños, abandonados a las inclemencias de aquel invierno aciago, recluidos entre alambradas como perros rabiosos en las llamadas zonas de acogida, a la intemperie en las arenas de Saint Cyprien, Argeles-sur-Mer o

Barcarès. Sólo en los primeros seis meses, 14.672 españoles murieron de desnutrición, disentería y enfermedades bronquiales.

De aquella miseria colectiva, Arsenio se salvó por don Antonio. El salvoconducto de la ambulancia le libró de una segura detención y le permitió una libertad de movimientos que, a la postre, resultó providencial, si es que la providencia estaba en esos momentos de guardia, que no es muy seguro. Mientras vivió el poeta, su preocupación fue hacer su estancia lo más acogedora posible, que las penalidades materiales no se sumaran a su dolor espiritual; no le quedó tiempo para pensar en otras preocupaciones.

Pero ahora que ya no estaba don Antonio para mitigar sus inquietudes, caía en la cuenta de la precariedad de su situación. No podía volver a su casa, si para entonces le quedaba casa y familia, estaba solo en un país hostil. Por no tener, no tenía ni patria. No quería ser español, se había jurado al cruzar la frontera, reniego para siempre de este país cainita, que encarcela a sus representantes y permite que los maten alevosamente, que asesina y abandona en las cunetas a ciudadanos indefensos y expulsa a la masa encefálica de su sociedad.
- No quiero ser español, se reafirmó, ante la tumba de don Antonio, en Colliure.

Calculó que en sus circunstancias, el riesgo de ser detenido era directamente proporcional a la cercanía de la frontera así que, como su conocimiento del francés era bastante aceptable, puso tierra de por medio y se encaminó al norte, donde sería más fácil pasar desapercibido. Llevaba poco más de un mes en París cuando oyó que le llamaban desde el otro lado de la calle. ¡Arsenio, Arsenio!

Era Nan Green, una enfermera inglesa a la que había conocido en Madrid en 1937. Nan había pasado la guerra en el lado republicano organizando hospitales de campaña, había visto morir a su marido, brigadista como ella, y ahora, perdidas todas las batallas, se dedicaba a organizar el exilio de los derrotados. Una mujer admirable y animosa.

- Necesito ayuda para reagrupar a las familias que están dispersas en los distintos campos de concentración para sacarlas de Francia, le dijo.

Él le advirtió que había decidido renunciar a la ciudadanía española y que no tendría documentación hasta que se la proporcionase el grupo de refugiados que estaba rehaciéndole la identidad.

- Ya te buscaremos papeles, prometió ella, y no te hagas elucubraciones patrióticas. Franco te ha tomado la delantera y ha decidido que los españoles no pueden ser rojos y que los rojos no pueden ser españoles.

Así fue como Arsenio se unió al Nacional Joint Comité for Spanish Relief, que recaudaba fondos en Gran Bretaña para trasladar a los refugiados españoles a México, país que había ofrecido asilo a los republicanos. El primer barco que se fletó fue el *SS Sinaia*, de bandera francesa, que se utilizaba para llevar peregrinos a La Meca.

El *SS Sinaia* partió del puerto de Sète el 2 de junio de 1939. Durante los veintitrés días que duró la travesía, ayudó a Nan a organizar las comidas de los muchos niños que viajaban a bordo.

Después de las penalidades físicas y de los sufrimientos a causa de la guerra, todos se debatían entre el alivio por lo que habían dejado atrás y el desasosiego ante lo que les aguardaba.

Después de la desastrosa experiencia francesa, el recibimiento de México superó sus ilusiones más optimistas. Salieron de Francia un puñado de apátridas desesperados y desembarcaron en México dos mil ciudadanos luchadores por la libertad, aclamados por gente que salía en tropel a darles la bienvenida.

Cuando puso el pie en tierra firme estaba decidido a pedir la ciudadanía mejicana. En el puerto de Veracruz los esperaba el doctor Negrín, jefe de gobierno de la República en el exilio, con la banda del Quinto Regimiento, y una multitud de mejicanos con pancartas a favor de la República española.

En los meses siguientes, miles de españoles fueron expatriados a México, Venezuela, Argentina... La mayoría mantuvieron la nacionalidad española y juraron no pisar España en tanto viviera el dictador que se había sublevado contra la República.

Arsenio obtuvo la ciudadanía mejicana en 1940. Años después, volvió a su pueblo a visitar la tumba de sus padres y ver si era posible enterrar con ellos el cuerpo de su hermano.

- Es una deuda que tengo con mis padres, con mi hermano y con los que murieron como él y que algún día saldaré yo, si alcanzo a vivirlo, o que otros saldarán por mí, declaraba.

Tenía, ya lo he dicho, trece años cuando Arsenio el Mejicano me contó su historia y sembró en mi una sospecha desasosegante: la existencia de fosas comunes ocultas por el silencio colectivo de personas a las que yo conocía: mis abuelos, los abuelos de mis amigos, los que habían vivido las detenciones y habían callado, los que conocían las sacas y habían callado. No pensaba en quienes habían delatado, detenido, autorizado o protagonizado las sacas. Pensaba en quienes les conocían, les saludaban al encontrarse en la plaza, los invitaban en el bar o les reían los chistes. ¿Cómo era posible que los mismos que habían decidido a sangre fría la muerte de sus vecinos vivieran plácidamente con los padres, los hermanos, los hijos, los vecinos, los amigos de sus víctimas? ¿Cuánto miedo es necesario acumular para acarrear ese secreto y seguir levantándose cada mañana y mirar a los asesinos como si no hubiera ocurrido nada?

Ese pensamiento me acompañó durante años, mucho después de haber dejado atrás la infancia. Arsenio el Mejicano volvió más veces al pueblo. En cada viaje visitábamos el monumento a don Diego Arias de Miranda en los jardines.

- Pocos saben y ninguno quiere recordar que el escultor fue Emiliano Barral, el mejor de su generación, repetía.

Siguió con preocupación las peripecias de la transición a la muerte de Franco y con alarma el asalto al Congreso protagonizado por Tejero. En el otoño de 1982 demoró sus vacaciones hasta después de las elecciones, así fue como pudo vivir la llegada al poder del Partido Socialista Obrero Español.

- Hay cosas que nunca nos podrán devolver, se lamentaba a veces.

Yo sabía que pensaba, sobre todo, en su hermano y en los asesinados que permanecían en las fosas ocultas. En la navidad de 1987 recibí una carta de su hija. "Murió en paz consigo mismo y con los demás", decía. Incluía un sobre que Arsenio dejó para mí cuando supo que no volvería más al pueblo. Dentro encontré unos versos escritos de puño y letra por don Antonio y dos fotos, en una aparecía Arsenio en la tumba del poeta en Collioure y en la otra estábamos ambos en el monumento de los jardines. Los versos dicen así:

Vendida fue la puerta de los mares,
y las ondas del viento entre las sierras,
y el suelo que se labra,
y la arena del campo en que se juega,
y la roca en que yace el hierro duro;
sólo la tierra en que se muere es nuestra.

Un día, a punto de acabar el siglo veinte, me contaron que había llegado al pueblo un equipo de la memoria histórica. La memoria histórica, qué traidoras pueden ser las palabras. Habían pasado más de sesenta años de las sacas, de los asesinatos, de las confiscaciones de tierras, de las fosas, y nadie de los que podrían guardarlo en su memoria había sentido la necesidad de decir: lo siento, nos equivocamos, las cosas fueron así, lo hicimos porque creíamos defendernos, fue un tiempo convulso, un desvarío. Nadie había vuelto a hablar de aquella locura. Los asesinos, harto conocidos, eran ya hombres ancianos, habían prosperado protegidos por el régimen que ayudaron a imponer, habían gozado de una vida confortable y de total impunidad. Seguían disfrutando de esa impunidad que nadie les discutió a la muerte del dictador. Habían pasado sesenta años viendo a los padres, a las mujeres, a los hijos de sus víctimas. Sesenta años, y aún era posible palpar el odio de unos y el miedo de otros.

Trabajé en las excavaciones durante las vacaciones. No fue fácil. Nos acusaron de revanchistas, de querer remover los odios del pasado, de atizar el enfrentamiento. No fue fácil, pero en el verano de 2003 excavamos en el monte, a cuatro kilómetros del pueblo y aparecieron restos de ochenta y un cadáveres. De la Lobera se extrajeron otros cuarenta y seis cuerpos. Ninguno de ellos correspondía a la saca de la que había hablado Arsenio. En el verano de 2006 las excavaciones se dirigieron a las inmediaciones de Lerma. La de Andaya son en realidad cuatro fosas, tres de ellas sin apenas separación, en las que encontramos cincuenta y seis cuerpos. En agosto de 2007 abrimos la cuarta, a unos diez metros de las anteriores, en la que aparecieron veintinueve cuerpos.

Supe que aquélla era la fosa de la que hablaba Arsenio antes de leer el acta: *"En el proceso de la exhumación se ha conseguido identificar a tres de los republicanos allí enterrados, todos ellos vecinos del pueblo. (...) En esta fosa todos los cuerpos han aparecido con un orificio de bala en el cráneo, realizados con dos pistolas diferentes, en algún caso, los disparos se produjeron una vez introducidos en la fosa. También se puede concluir que varios de ellos fueran torturados antes de ser asesinados por las señales dejadas en los huesos, según acreditaron los antropólogos presentes en la exhumación. La identificación de los cuerpos, la realizará el departamento de Medicina Forense de la Universidad del País Vasco"*.

Pudimos identificar al hermano de Arsenio por un detalle de la dentadura común en su familia: tenía un colmillo más corto que el resto de los dientes. Encontramos su cuerpo el 25 de agosto, el mismo día que se cumplían setenta y un años del asesinato. La vida tiene a veces esas extrañas coincidencias.

Un mes después, la hija de Arsenio asistió al entierro de su tío en el panteón familiar. Le propuse, y ella aceptó, que cincelaran en la losa el verso de don Antonio: Sólo la tierra en que se muere es nuestra.

BASILIA, LA SORDA

Basilia era sorda y vendía vinagre. Por eso la llamábamos la Sorda y la Vinagrera. Iba por las casas con un carrito y una o dos garrafas, según el recorrido, llamaba y esperaba un rato. Si tardabas en abrir, se iba. Daba igual que te desgañitaras diciendo que tenías vinagre suficiente o que esperara un momento, que tenías la comida en el fuego, ella no te oía.

Habia sido una moza de rompe y rasga, decían en el pueblo. Eso era antes del levantamiento militar, porque para cuando las tropas de Franco ganaron la guerra la vida entera había cambiado en el pueblo. Más aún para Basilia.

El Chico había llegado andando desde Burgos a través de cordeles y veredas, de montes y sembrados, huyendo de la presencia humana. En la ciudad habían sido detenidos la mayoría de sus amigos y conocidos, los que eran maestros, los de UGT, los que no iban a misa, los que habían dado vivas a la República... Detenidos porque sí, por defender la legalidad. Fusilados sin juicio. Desaparecidos. Así que cuando vio a dos policías en la puerta de su casa supo que tenía que huir sin mirar atrás. Y eso es lo que hizo. Pensó en dirigirse a Madrid, buscar a sus antiguos compañeros, hacerse invisible en la ciudad.

Caminaba de noche, comía lo que encontraba en el campo: fruta todavía verde, tomates, nada consistente. Huía de los pueblos pequeños, donde un extraño siempre es sospechoso. A la altura de Lerma sintió la tentación de entrar a comprar pan pero entonces temió encontrarse con la guardia civil. En Aranda sintió que las fuerzas le fallaban. Por puro azar, que así es la vida, cuando anochecía el último día de julio de aquel año fue a llamar a la puerta de Basilia.

Me van a matar, dicen que dijo. Ella le miró con aquellos ojos suyos, transparentes de tan azules, y le abrió la puerta. Le ocultó primero en el desván de la casa y luego, en la huerta de los guindales, al otro lado de la vía. El padre de Basilia, que era muy mirado para la tierra, tenía especial estima por aquella huerta. La había comprado el mismo día de su boda y en él plantó un guindal por cada hijo que tuvo. Cuando se le murió del garrotillo el chico mayor, al volver del cementerio fue directamente al huerto y taló el guindal. Después se refugió en la caseta que había levantado para guardar las herramientas, colocó en la chimenea los restos del guindal y los prendió fuego. Solo entonces se permitió dejar libres las lágrimas que le anegaban la mirada.

Aquel primer verano de la guerra la Basilia iba todos los días a la huerta. Le llevaba al Chico la comida y ropa limpia. Le daba conversación. Y esperanza. En cuanto el ejército de la República abra paso a Madrid me iré, aseguraba él. Y ella: Será pronto, ya lo verás.

Basilia descubrió en el Chico que había una manera de ser hombre distinta de los mozos que conocía, franco y educado a la vez, que hablaba de mujeres sin ponerse colorado ni hacer que ella se ruborizara, que conocía el nombre de las cosas y de los sentimientos, incluso de las emociones que ella desconocía. Ella aprendió a mirar de otra manera. Tienes los ojos más hermosos que he visto en mi vida, unos ojos para perderse, le dijo el Chico una tarde.

Así, hasta la vendimia. Acababan de cerrar el lagar de Nemesio y el pueblo entero olía a mosto fermentado. Descansaban en la puerta de la bodega cuando se paró ante ellos una pareja de la guadia civil. Al Bala le faltó tiempo para ir con el cuento. El Bala no es que fuera envidioso pero le fastidiaba el bien ajeno. Se había ganado el apodo porque tenía costumbre de dispararse y por lo bocazas que era. En tiempos de la República, cuando las revueltas de la CNT, se encendió de tal manera que salió gritando del Frontón, ¡A por la guardia civil! Que si no llega a ser por el padre de la Basilia, que contuvo al mocerío, esa noche arde el cuartelillo. Dejad en paz a la guardia civil, ¿qué van a hacer las ovejas sin pastores?, les dijo con aquella voz de mando que tenía. Así que aquella tarde quizá quiso hacerse perdonar el desliz, o puede que ni pensara en lo que decía. Y lo que el Bala dijo es que la Basilia esconde a un rojo. El capitán en persona fue a por el Chico. El capitán Enrique García de la Sierra estaba considerado por sus superiores como un hombre riguroso, el resto lo tenía por un fanático, excepto los que habían estado bajo su custodia que lo catalogaban de sádico. Se complacía en el sufrimiento de los detenidos, permitía, y aún alentaba, los excesos de los guardias a su cargo y los paseíllos de los falangistas.

Encontraron al Chico sentado a la puerta de la caseta. Como si los estuviera esperando. No se resistió, dejó que lo esposaran y se aprestó a seguir a los guardias. No tuvo tiempo de más. Dos tiros por la espalda lo tumbaron allí mismo. Luego fueron a por Basilia y de no ser por el médico y por el cura, no lo cuenta. El médico dijo que una mujer tenía que pasar por un tribunal y el cura se plantó en el cuartel de Franco en Burgos y volvió con un papel donde decía que ni una sola muerte más sin juicio. No es que el documento fuera el evangelio, pues los falangistas y el mismo capitán siguieron campando a sus anchas por la comarca pero a Basilia le valió. Ella entendió lo que significaba la guerra civil y lo que iba a significar la victoria de los rebeldes y se dispuso a resistir.

Cuando ocurrió lo del Bala ella venía del Prado Marina a la caída de la tarde y él iba con la segadora. Habían pasado casi treinta años desde la guerra pero nunca hasta ese día se habían encontrado así, de frente y cara a cara. Ella le miró a los ojos con su mirada transparente. Ninguno dijo nada. El Bala perdió el pie y fue a engancharse en la sierra. Gritó, pidió clemencia, pidió perdón, suplicó que le libraran de aquella tortura, rogó que lo mataran mientras la máquina lo engullía lentamente, pero la Basilia ya no oyó nada. No era todavía de noche cuando lo encontraron, destrozado.

Y después, su padre, que la Basilia ha perdido el oído. Por eso la llamábamos la Sorda.

LA MEMORIA HISTÓRICA

Soy un arandino de los de toda la vida, mi familia se quedó aquí cuando el repliegue de los iberos o de los godos, de los vándalos o los alanos, vete a saber, y en cada generación sale un Tomás regordete y paticorto. Se me salen los ojos cuando veo a una chica porque no me como una rosca desde la caída de Filipinas.

El caso es que nací en este pueblo en una familia de pocos posibles. Podíamos haber tenido una situación más desahogada porque mi padre era un buen pintor de brocha gorda, en los pocos momentos que estaba abstemio. Mi madre era ama de casa, un sarcasmo, porque nunca tuvo nada propio y, menos aún, la casa. Lo que había era de mi padre, se sobreentendía, y por si alguien lo dudaba, ya se encargaba él de recordarlo. Él era quien lo ganaba, él era el dueño. Daba lo mismo que mi madre fuera una virtuosa de la administración ¡Qué ministra de hacienda se ha estado perdiendo este país con ella!

Cuando yo llegué, además de mi hermano José, vivía en casa mi prima Merche, que tenía diez años. Nosotros éramos su única familia. Los nacionales habían matado a sus padres unos meses antes de acabar la guerra. A la madre la habían rapado y paseado por Aranda, a los pocos días de dar a luz. Más tarde fueron a por el marido y se los llevaron a los dos. Nadie volvió a verlos. Merche era guapa y dispuesta, pero había sacado el carácter áspero y seco como la familia de mi padre. Nunca la ví un gesto de ternura, una mirada dulce. Bastante tiene la pobre, decía mi madre.

Merche nos cuidaba en ausencia de mi madre, nos acompañaba al colegio y ayudaba en las cosas de casa. Nosotros la queríamos como una hermana y mis padres nunca hicieron una diferencia entre los tres. Cuando cumplió catorce años entró de aprendiza en una peluquería. A los dieciocho dijo que sabía lo suficiente para valerse por ella misma y que se iba a Bilbao.

- Qué vas a hacer tú sola en una ciudad donde no conoces a nadie, hija, al menos aquí tienes a tu familia, dijo mi madre.

- Quiero perder de vista a los asesinos de mis padres y aprender a olvidar, contestó mi prima.

Me acuerdo de aquellas palabras y de su voz como si las hubiera oído esta mañana. Merche me abrió los ojos sobre una verdad de la que nadie hablaba: vivíamos con los asesinos de gente inocente. Los asesinatos estaban aún recientes, no sé si los crímenes tan a sangre fría, tan públicos, con tantas complicidades, prescriben. Alguna vez se me ha pasado por la cabeza la idea de hacer por mi cuenta la justicia que nadie sentía necesidad de reclamar, pero nunca supe dar el paso siguiente. Una noche de invierno volvía a mi casa y me topé con Felipe *el Sangre*, debía tener yo veinte años y él unos sesenta. Era sábado, había merendado en la bodega con la cuadrilla y fuimos alargando la tertulia hasta que se nos hicieron las tantas. Él salió del Bar Julia, donde solía montarse una timba de muchos cuartos, y tomó, como yo, dirección hacia el Sol de las Moreras. Iba medio tambaleándose, a lo mejor yo también, entonces noté en el bolsillo del tabardo el calorcillo de la navaja y, por un momento, pensé que podía cargármelo allí mismo, como él y sus amigos habían hecho con los padres de Merche. Un navajazo bien dado y adiós muy buenas. Un acto de justicia. Estaba totalmente lúcido y razonaba con una claridad que no recuerdo haber tenido muchas veces más. Apresuré el paso y, al llegar a su altura, tuve la mala idea de mirarle. Vi a un viejo borracho que hablaba solo. Yo no soy un asesino, me dije, y apresuré la marcha hacia mi casa. Me he arrepentido millones de veces de aquella decisión, tenía que habérmelo cargado. Decirle, ojo por ojo, cabrón. Pero no pude y nunca me he aclarado si es porque soy un tipo decente o un cobarde.

Merche se fue y no quiso volver más. En Bilbao conoció a un chico que trabajaba en la Naval, se casó y han tenido tres chavales bien majos. Fuimos a la boda y luego hemos seguido yendo más veces. Pero ella no había consentido en volver. No podría encontrarme con los asesinos de mis padres y hacer como si tal cosa, decía. Con los años ha aprendido a sonreír, con una risa medio triste. En cambio yo me río y no se de qué, toda mi vida viviendo con los asesinos de medio pueblo, qué cuajo, cagüen la leche.

Como mi padre andaba siempre casi borracho, cuando no borracho del todo, José hizo las veces de padre y hermano y salí ganando. Pero el muy cabrón se fue a la mili y no volvió. Me lo dijo el día que entró en quintas, cuando ya se hablaba de que Aranda iba a ser polígono de descongestión de Madrid y que habría trabajo para dar y tomar.

- Yo no vuelvo, chaval, a mi no me pillan en este pueblo así que lo hagan capital de España.

Le tocó el servicio militar en Cádiz y allí se quedó. Viene de vez en cuando, con la mujer y las dos niñas que tienen. Tres andaluzas buena gente, ha tenido suerte. Algunos años han venido en fiestas. Nos ponemos todos de traje y vamos a la procesión de la Virgen.

- Pero ¿vosotros no erais ateos?, dice mi cuñada.
- No tiene que ver, le explico, la procesión de la Virgen de las Viñas es como el Rocío para vosotros y el Barça para los catalanes, más que una virgen y más que un club.

La gente de la memoria histórica apareció años después de que Franco muriera tan ricamente en su cama. Tuvieron que ser los nietos quienes reclamaran la verdad de lo que ocurrió durante la guerra civil y después, quienes se preguntaran cuántos cayeron fuera del campo de batalla y dónde enterraron sus restos. Podían haber preguntado por la identidad de los asesinos pero no lo hicieron, sólo reclamaban el derecho de los suyos a descansar en paz y el de todos a conocer qué había ocurrido durante aquellos años estremecidos.

Mi pueblo fue uno de los primeros enclaves en ponerse en marcha. Un equipo de la Universidad de Burgos apoyó los trabajos técnicos. Me ofrecí a colaborar con ellos desde el primer momento. Pensaba sobre todo en encontrar a mis tíos, los padres de Merche.

Cuando empezaron las excavaciones en el

monte, fui a ver a mi prima para ver si quería reclamar los cadáveres de sus padres o prefería que lo hiciéramos nosotros.

- Déjame pensarlo, me dijo. Unos días después, me llamó por teléfono.

- Quiero ir yo misma a ver cómo sacan los cuerpos de la tierra, creo que es el último homenaje que puedo brindar a mis padres, también porque mis hijos tienen derecho a saber dónde están enterrados sus abuelos y que se reconozca que eran unas personas decentes.

Como no teníamos ningún objeto que los identificara tuvo que hacerse por el ADN pero, al fin, mis tíos pudieron ser enterrados en el cementerio. Al entierro vino Merche con su marido y sus tres hijos. Se hizo una inhumación colectiva, con presencia de políticos locales y provinciales y los familiares de los asesinados. Mi prima se mantuvo muy serena, muy derecha, echó unas flores en la fosa y vi cómo guardaba un clavel en el bolso.

- Quiero ir a la casa de Felipe *el Sangre*, me dijo cuando terminó el acto.

A mí me entró un escalofrío porque, de toda la vida, en mi familia se había tenido como el mayor secreto que Felipe había sido el asesino de mis tíos, por el despecho de que la madre de Merche le rechazara para casarse con mi tío. Una historia vulgar y tópica de no ser porque les había costado la vida a ambos.

Felipe estaba muy mayor pero aún regía así que podía pasar cualquier cosa. No hablamos una palabra en todo el camino. Cuando llamamos al timbre, el corazón me golpeaba en la camisa.

- ¿Qué queréis?, preguntó desabridamente su mujer al abrir la puerta.

- Quiero ver a su marido, respondió mi prima, y se dirigió hacia la puerta abierta del salón sin esperar permiso.

Felipe estaba sentado enfrente de un aparato de televisión apagado. Nos miró, primero a mí y luego a Merche. Estaba claro que sabía quiénes éramos.

- ¿Por qué?, dijo mi prima nada más.

- Porque quise y porque pude - Felipe se puso de pie con dificultad - y nadie en estos años ha tenido cojones para decirme a la cara otra cosa.

- Cuando se es un asesino, como cuando se es cojo o ciego, se sabe por sí mismo, no es necesario que se lo recuerde nadie, oí la voz de mi prima, con una serenidad que me dejó paralizado. Cuando se ha matado como mataste tú, uno se levanta asesino cada mañana y, aunque le concedan la laureada, se muere asesino sin remedio, Felipe Arranz. Yo no vengo a recordar tus crímenes, que bien sabes tú cuáles y cuántos son, vengo a decirte que acabo de enterrar a mis padres como las personas decentes que eran, y eso es algo que nunca podrán decir tus hijos cuando te llegue la hora. Porque ellos, como tú y como todos los que te acompañen al cementerio, sabrán que están dando sepultura a un asesino.

No me atrevo a asegurarlo pero diría que hasta sonreía cuando se dio media vuelta, me cogió del brazo y enfilamos hacia la puerta.

- Eres igual que tu madre, murmuró Felipe, con un hilo voz.

El tiempo no siempre hace justicia, pero a veces sí, y entonces es maravilloso, leí una vez a Elvira Lindo. Debió de escribirlo pensando en ese momento.

LUCIO

Lucio era un chico silencioso pero alegre a su manera. Era feliz con las cosas más simples, cogiendo manzanas en la huerta, bañándose en el canal, buscando níscalos en el pinar de la Calabaza... Tenía un don excepcional con los animales: los gatos callejeros, los perros vagabundos, los burros, las vacas le reconocían como su señor, cosa que nunca ocurrió conmigo.

Lo comprobé cabalmente con *Machín*, el gato de mi abuela. Era negro y debía el nombre al cantante cubano de boleros, tan de moda en la época. Un bicho imposible, totalmente asilvestrado. Huía de las visitas y rehuía a los habituales de la casa, a excepción de la abuela, con la que mantenía una relación de proximidad-alejamiento, según el humor mutuo; tenía su propia relación de enemigos ante cuya presencia era forzoso encerrarlo. A los sucesivos gobernadores de Burgos y a los alcaldes y jefes locales del Movimiento, que visitaban ocasionalmente la casona de la abuela, les tenía una ojeriza personal.

En cuanto se anunciaba su visita los adultos de la casa tenían que emplearse a fondo para atraparlo y esconderlo en el cuarto de la gloria. Se le oía bufar desde lejos. Mi abuelo protestaba, este bicho un día nos va a dar un disgusto. Mi abuela quitaba importancia a las manías de *Machín*.

- Paparruchas, qué disgustos va a dar un animal que lleva en esta casa más tiempo que nosotros, decía.

Sostenía la abuela, no sé si con verdad o de su imaginación, que el primer ejemplar de la familia felina de la que descendía *Machín* había sido un regalo de El Empecinado a un tatarabuelo mío y de ahí su inclinación liberal. Ignoro qué había de cierto en los antecedentes políticos del gato -en una época en la que los conceptos antecedentes y políticos cada uno por separado ya implicaban un riesgo- pero doy fe de que sus filias y fobias eran claramente democráticas.

El gato tenía expresión, lo aseguro, se le veían las intenciones, se comunicaba. Sé que estoy diciendo algo sin sentido para quienes creen que los animales carecen de conocimiento y de sentimientos, pero el *Machín* tenía expresión. Lucio podría asegurarlo. Con él, aquel salvaje se transformaba en un animalillo dulce y mimoso, se ovillaba sobre sus piernas y hasta parecía más pequeño. No he visto en la vida una mirada de tal veneración como la que *Machín* le dirigía. Lucio jugaba con él, le tiraba pequeños objetos, una canica, un palo, y el gato se los devolvía una y otra vez. Ahí entendí yo lo que significaba una metamorfosis. Yo lo intenté una y otra vez, le guardaba ovillos de lana, trozos de pescado.

Nunca consintió en aceptar mis regalos, me ignoraba con una firmeza que de ninguna manera podía ser casual. Si insistía en aproximarme -toma, es tuyo, te lo he guardado especialmente para ti, le ofrecía mi regalo con el mejor ánimo- me miraba fijamente como diciendo puedes irte guardando el obsequio donde te quepa.

Lucio y yo crecimos juntos. Juntos aprendimos a leer y a escribir, a nadar en el canal de San Isidro, a tirarnos al río en la Viga. Juntos íbamos al cine los domingos a ver películas del oeste y juntos nos fumamos el primer pitillo. Era de picadura, a mí me dio la tos, a él, no. Tú ya has fumado antes, le acusé, porque lo hacía bien a la primera. Qué va, lo que pasa es que no me trago el humo, dijo. Juntos descubrimos nuestra adolescencia, nuestra mismidad.

- Esta noche he tenido un sueño muy raro, le dije un día del verano del 60, y al despertarme estaba la sábana húmeda, debe ser que ya soy un hombre.

- A mí me han salido pelos en los huevos y a tu hermana le han salido tetas, añadió con su verbo escaso.

Lucio era un poco raro, tenía cara de foto antigua, como si se hubiera rezagado una o dos generaciones, además hablaba de una forma extraña, utilizaba giros que empleaba mi abuelo. Cuando se ponía nervioso se hacía un lío con las palabras. Me acuerdo del primer año que mi hermana estuvo interna con las monjas en Madrid. Es verdad que había dado un estirón y se había puesto muy guapa y que él estaba un poco enamorado de ella pero cuando le saludó, hola, Lucio, ¿qué tal estás?, él se atascó y contestó:

mucho bien. Parezco gilipollas, se lamentó luego, pero es verla y se me encoge la lengua. ¿Qué le pasa a Lucio?, se extrañó mi hermana, me ha mirado como si no me conociera. Es que te has puesto muy buena, bromeé. Y vosotros, muy tontos. Algunos días, al salir de la escuela bajábamos al río a tirar cantos al agua. Hacíamos piques a ver quién botaba mejor la piedra, unas veces ganaba yo y otras él, pero más él que yo.

Los chicos de entonces nos desplazábamos en bici. Lucio era un máquina con la bicicleta. Aquélla mañana, volvía de Fuentespina cuando se le cruzó un camión que salía de la harinera. Le embistió con la trasera de la caja haciéndole perder el equilibrio y, al caer, se golpeó de mala manera en la cabeza. Murió allí mismo, sobre la carretera. Cuando lo llevaron a su casa parecía dormido, tenía una expresión de placidez que, todavía hoy, se me viene a la mente cuando necesito sosiego. Fue mi primer muerto y tuvo que ser él. Desde entonces desconfío de la vida, por traicionera.

A mi se me quitaron para siempre las ganas de jugar como el crío que en realidad era. Aún hoy, cada vez que paseo por la ribera del río y cojo un canto para tirarlo me acuerdo de Lucio y me entra congoja, no sé cómo explicarlo. Porque yo iba algunas veces con él, me llevaba en el sillín, y siempre pensé que aquel camión podía habernos enganchado a los dos pero fue a por él porque cada cual tiene su día marcado y da igual lo que hagas, cuando llega el momento te pilla seguro.

Es coger un canto y acordarme de Lucio, fijo, cagüen la leche, cómo era el chaval.

LA CURVA DEL DIABLO

La primera tragedia que recuerdo haber vivido en primera persona, sin contar la guerra civil, que era una tragedia colectiva y que viví por referencias, fue la muerte de mi amigo Luis, que también tuvo mucho de drama colectivo. Veintitantos chicos de la provincia murieron en aquel accidente de la Curva del Diablo al volcar el camión militar que los traía de Quintanar de la Sierra, transportados como animales de carga en un furgón convertido en pira, achicharrados sin que nadie pudiera hacer nada. Muchos años después, a uno de los monitores que se salvó le oí contar, que, algunas noches, seguía oyendo los gritos de los niños aprisionados en el camión volcado.

- No me puedo quitar de la cabeza aquellos chillidos, confesaba en medio de una buena borrachera.

Cinco críos de Aranda cayeron, en un pueblo que debía andar por los cinco mil habitantes. El Caso publicó las fotos de todos los chicos muertos, yo guardé la página con la foto de Luis durante muchos años. Al entierro vinieron las primeras autoridades de la provincia, mucho pésame, mucha palabrería, mucho esto tiene que servirnos para aprender y también para seguir adelante, el programa de vacaciones tiene que seguir, mejorando lo que sea mejorable. El régimen tenía interés en que a nadie se le ocurriera preguntar si no había mejor forma de trasladar a unos niños que van de vacaciones que en un camión militar. Pero a nadie se le ocurrió preguntar nada. A las familias porque bastante tragedia tenían y a los demás, porque nadie preguntaba nada en voz alta, por la cuenta que le tenía.

La vida en Aranda era plácida y agradable. Al menos para mí. Fui hijo único de padres mayores. Mi padre no mostró una inclinación especial por el matrimonio hasta bien entrados los treinta años, pero cuando se percató de que se acercaba a los cuarenta, expuso a mis abuelos que a lo mejor era llegado el día de encontrar mujer para casarse.

- Pues ahí tienes a la Paz, dijo mi abuela, que es una buena chica, toda la vida ha estado cuidando de sus padres.

Un año y tres meses después, nací yo.

Paz, que fue mi madre, era una mujer predestinada a la abnegación, la menor de una familia de ocho hijos y la única chica. Por esa ley ancestral que adjudicaba a las hijas los trabajos de la casa familiar y la responsabilidad sobre los padres mayores, sus primeros treinta años los había pasado en la casa de mis abuelos mientras los hermanos se dedicaban a las tareas del campo o del ayuntamiento. Porque, por alguna razón igualmente ancestral, desde la noche de los tiempos siempre ha habido algún miembro de mi familia dedicado a la cosa municipal, en el nivel subalterno. Dos de mis tíos fueron barrenderos, pregonero un tercero, mi padre, policía. Si algún día me decido a investigar más profundamente, apuesto que encuentro algún pariente lancero...

Una mujer que a los treinta años no se había casado era técnicamente una solterona, así que Paz había perdido ya la esperanza de salir de aquella casona de la Plaza de los Tercios, cuando un día se presentó mi abuela paterna *in pectore* a tantear las posibilidades de llegar a un arreglo con mi abuela materna en ciernes. Según oí a mi padre, las dos mujeres se pusieron pronto de acuerdo pero los hombres respectivos discutieron durante dos semanas sobre la superficie de las tierras que el padre de la novia iba a darle en hijuela. Finalmente *nos* tocaron las tierras del Montecillo y tres majuelos cerca de Castrillo de la Vega. Mi abuelo dio a mi padre la bodega de Santo Cristo. Como en casa entraba cada mes un salario fijo, escaso, pero fijo, entre unas cosas y otras mis padres empezaron la vida con un buen pasar, que se decía.

Buen pasar significaba tener garantizadas las necesidades primarias: un plato de comida a diario, una cama donde dormir y techo para cobijarse. El confort era un concepto desconocido, más aún en familias labradoras donde la primera atención era para las cosechas, los animales y los aperos de labranza. Pero mi padre, quizá por la proximidad con las autoridades municipales, había desarrollado un cierto regustillo por el lujo, que se resumía en el concepto "*que en casa no falte de nada*" y que en la práctica se traducía en disponer en el lavabo de jabón de tocador *Mirurgia*, colonias *Varón Dandy* para él y *Maderas de*

Oriente para ella y en la cocina un aparato de radio con el ojo mágico de color verde. Esos excesos eran cosa de mi padre, mi madre carecía de iniciativa para tal extravagancia. Mi madre era una mujer de su época, educada exclusivamente para la abnegación, encontraba sentido a su vida en el sufrimiento, en la sumisión a los hombres de la familia, su padre, su marido, su hijo.

Tengo de ella una imagen borrosa que, seguramente, se confunde con los comentarios escuchados a mi padre. Cuando intento evocar su olor, su mirada o el tono de su voz sólo consigo recuperar el retrato plano de la foto de mi comunión. ¿Por qué vestía de negro? Aún era joven, vivía razonablemente bien, tenía un marido y un hijo sanos, ¿qué la impedía sonreír? Tampoco puedo decir que fuera taciturna o aburrida. Era muy eficaz en su trabajo, mantenía la casa limpia y organizada, disponía nuestra ropa antes de que lo pidiéramos, guisaba con gusto. ¿Cómo era realmente mi madre, qué esperaba de nosotros, de la vida? No se me ocurrió preguntárselo mientras pude hacerlo y cuando se me ocurrió era demasiado tarde. Murió sin llegar a conocer a su primer nieto.

Mi padre era justo lo contrario, un enamorado de la vida. Estaba convencido de que Aranda era una sucursal del paraíso, disfrutaba de sus amigos, le gustaba su trabajo, que le confería autoridad, le satisfacía haber engendrado un hijo varón. Era buen conversador, usaba términos ya en desuso, arcaísmos que he ido olvidando pero que, cuando recupero, siguen encajando en la conversación como una joya antigua.

Había ido a la escuela hasta los catorce años y

sabía apenas un poco más de lo imprescindible para no ser considerado analfabeto pero siempre tuvo claro que su hijo iría a la universidad. Estaba dispuesto a vender la casa si hubiera sido preciso y hasta la hijuela de su mujer para darme estudios. Empezó por enviarme al instituto de segunda enseñanza, que estaba aún en la calle Isilla, donde ahora se levanta la Casa de Cultura. En los primeros cursos nos trasladamos al edificio del Ferial. Es cierto, Aranda era una ciudad clasista. No es que te impidieran relacionarte con los hijos de un abogado o de un médico, es que no tenías oportunidad de hacerlo porque los lugares que frecuentábamos unos y otros estaban bien compartimentados. Sin llegar al extremo de Burgos, que marcaba en El Espolón los espacios para los distintos estamentos sociales -militares, clero, familias caciques y patriarcas en el centro del paseo; soldados, obreros y menestrales en la parte del río- la segmentación era igual de eficaz. Los ilustres, las familias rancias de la villa, abogados, jueces, se reunían en la Tertulia; los labradores ricos y algunos profesionales liberales en el Casino –donde se levantaban unas timbas legendarias– los demás, en las bodegas cuando echaban el vino y en las tabernas el resto del año. No era frecuente que el hijo de un obrero, y mi padre era un obrero aunque se engalanara con el uniforme, fuera al instituto. No sé si fui el primero en sacar el bachillerato superior, pero si no fue el primero fue el segundo. Dicho lo cual, he de añadir que hice buenas migas con todo el mundo aunque los amigos los tenía en otro lugar.

Luis y yo nacimos con dos días de diferencia. Él, de madrugada y yo, al anochecer, en eso nos distinguíamos. En lo demás era como si hubieran empleado un mismo patrón para hacernos. Más que mellizos, parecíamos siameses. De hecho, nuestras casas guardaban simetría, estaban en el mismo eje respecto al puente y el río, la suya en el Allende, la mía en las Tenerías. No recuerdo ningún día de mi niñez que no nos juntáramos para algo. Hiciera frío o calor, nosotros salíamos a jugar a la calle, normalmente con el resto de chavales, si no, nosotros solos. Nunca eché en falta un hermano ¿Para qué si le tenía a él? No sé cuándo empezó nuestra amistad, de la misma manera que no puedo precisar cuándo ví a mi padre por primera vez. Debieron presentarnos a los pocos días de nacer ambos. Resultó que la madre de Luis no pudo darle de mamar y, dado que en la época no se había inventado aún la leche envasada o la lactancia artificial, siguiendo una pauta muy extendida, se buscó alguna madre reciente que pudiera alimentarle, un ama de cría, que resultó ser mi madre. Eso nos convirtió en hermanos de leche, fraternidad que nosotros teníamos totalmente interiorizada.

Luego, coincidimos en la escuela de Conchita Romera. Éramos una veintena de alumnos, de distintas edades, que nos reuníamos en torno a dos meses alargadas. Nos agrupaba según el nivel de conocimientos y, con la sola ayuda de su madre, nos controlaba perfectamente. Cuando lo creía conveniente hacía uso del palo, que te dejaba los dedos insensibles, aunque yo puedo presumir de que muy pocas veces probé la vara, era un chico aplicado. En esa línea paralela que fue nuestra infancia, Luis y yo entramos a un tiempo al instituto y juntos terminamos el bachiller elemental, en mayo de 1956. En junio nos examinamos de la reválida de cuarto, que aprobamos con buena nota, yo saqué nueve, él ocho y medio.

Mi padre había decidido que haría el bachillerato superior en Valladolid porque alguien le había convencido de que eso me daba alguna prerrogativa para entrar en la universidad. Luis había tratado de convencer a su padre sobre las ventajas de la fórmula sin conseguirlo así que aquel verano ya sabíamos que al curso siguiente íbamos a tener que separarnos. En principio, yo debía haber ido también al campamento de la OJE *Cid Campeador* en Quintanar de la Sierra pero el mismo día de la salida se abría el plazo de matrícula en el instituto de Valladolid y mi padre descartó cualquier retraso en la tramitación.

- Lo primero es lo primero, sentenció.

La guardia civil comunicó la noticia del accidente al ayuntamiento, así se enteró mi padre. Llegó descompuesto a casa.

- El camión que traía a los niños del campamento de Quintanar ha volcado cerca de Burgos, en el alto de la Abadesa y se ha incendiado, hay muchos muertos, que se vaya preparando a la población, dijo el alcalde.

Las noticias llegaron a cuentagotas. Que el ministro del Ejército, el general Muñoz Grandes, se dirigía a San Sebastián cuando se encontró el accidente y él mismo ayudó a extraer los cuerpos de los heridos y de los muertos. Que el camión había quedado reducido a chatarra. Pasaron horas hasta que se supo la relación de muertos. Fue un mazazo, allí estaba el nombre de Luis, mi amigo del alma, mi hermano.

Yo siempre me he trabajado mucho la cabeza. Eso es lo que me ha permitido resistir. Me impuse no llorar. Asumí que se había terminado el tiempo de inconsciencia y que tenía que sobrevivir. Del entierro recuerdo que había mucha gente, que estaban todos los féretros juntos y que uno de ellos guardaba a mi amigo para siempre. Para siempre. Cuando bajaban el ataúd al hoyo, le prometí que yo iría por él a Honolulu.

Lo habíamos hablado seriamente. Íbamos a estudiar Derecho y luego abriríamos bufete, primero en Aranda y después en Madrid. Defenderíamos los asuntos más complejos y problemáticos, los que nadie quisiera aceptar, incluso los que salían en El Caso, nos haríamos famosos y, una vez ricos, nos dedicaríamos a viajar, a conocer mundo. Pensábamos ir a Honolulu – Jonolulú, decíamos – bañarnos en playas paradisíacas y ligar con las chicas del lugar, que vestirían bikinis de flores, como habíamos visto en el NO-DO.

- Iré a Jonolulú por los dos, le prometí al borde de su tumba. Y lo cumplí. Tardé quince años en llegar. Allí, en el extremo sur del Mämala Bay, escribí su nombre en la arena y sobre él deposité quince flores de hibisco, luego, me senté en la arena hasta que el Pacífico se llevó las flores y el nombre de mi amigo.

LA SEÑORA ESTEFANÍA

La señora Estefanía vendía pipas y chucherías. En su tenderete -un minúsculo carrito que montaba y desmontaba cada tarde con minuciosidad litúrgica- encontrábamos regaliz de palo, chufas, caramelos de limón y de naranja con forma de gajos, martillos de dulce de color rojo con mango de palo y los primeros chicles, fabricados por Gallina Blanca en el Delta del Ebro, que hacían globos grandes, grandes, como en las películas americanas que veíamos en las sesiones de infantil, los domingos por la tarde. Nos vendía eso y las pocas chucherías de una época difícil, que se empeñaba en olvidar la tristeza de la posguerra. Fue nuestra primera proveedora, precursora de la sociedad de consumo.

La señora Estefanía, ahora lo sabemos, era una avanzada en las prácticas modernas del marketing. Tenía la habilidad natural de tratar a cada cual como si fuera el único cliente, no importa cuantos críos estuvieran esperando turno en los montoncillos que se formaban a los costados del carrito, a los que, por otra parte, atendía por riguroso orden.

- Que me dé diez céntimos de chufas y una perra chica de pipas.
- Qué tal tu abuela, que me han dicho que el jueves se cayó por las escaleras de Santa Lucía.

Y tú te ponías bien derecha para que se apreciara claramente que eras amiga de la señora Estefanía. O, cuando menos, que lo era tu abuela, con lo que tus acciones en el corro subían muchos enteros. Ella sacaba sus cacillos -el grande para la perra gorda, el pequeño para los cinco céntimos, ambos cubiertos con un fondo de papel bien prensado, que regulaban su particular sistema de pesas y medidas- llenaba el cucurucho minuciosamente, con el mismo esmero que un joyero deslizaría las perlas, y te lo entregaba.

- Anda, hija, vete con Dios.

A través de ella conocimos al Nieto, apodo que utilizábamos para entendernos entre nosotros. En realidad, no era nieto suyo sino de algún conocido que se lo había encomendado para que se relacionara con otros chavales de su edad. Para nosotros quedará como el Nieto para los restos. Ni él nos gustaba a nosotros ni nosotros a él.

- ¿Vosotros habéis estado en Ceuta?, nos desafiaba a veces.

Naturalmente, no habíamos estado en Ceuta. Ni en Melilla. Ni en El Aaiun. Tampoco conocíamos la Academia Militar de Zaragoza, donde su padre había dado clase durante un curso. Ni San Sebastián, donde la familia veraneó el año anterior.

- ¿Dónde veraneáis vosotros?, insistía, sabedor de que ninguno de nosotros acostumbrábamos a salir de Aranda.
- ¿Tu sabes vendimiar?, le pinchaba a veces Paco.
- ¿Para qué quiero saber vendimiar?, razonaba el

Nieto
- Para beber vino, no te giba.
- El vino lo venden ya hecho.
- Pero no es lo mismo.
- Claro que no es lo mismo. Porque si tienes dinero puedes comprar vino y lo que quieras.
- Lo que quieras, no. Porque yo no te vendería mi vino, mira por donde.
- ¿Quién te ha dicho a ti que yo quiero tu vino?

Pasábamos horas sentados en la Viga, entre los ríos Duero y Arandilla a la desembocadura de éste, prolongando las discusiones hasta que nos conducían a un callejón sin salida y nos trasladábamos a las cuevas del Arandilla, que, según decía Manolo, eran mágicas, contra el parecer del Nieto.
- La magia no existe, son supersticiones de gente inculta.

Ese era su terreno más endeble, porque Manolo era ya un ratón de biblioteca.
- Supersticiones ¿eh? ¿Como el canto de las sirenas? ¿Era Homero supersticioso por un casual, es la Odisea una superstición?
- Pero aquí no hay sirenas, se defendía el Nieto, en los ríos no puede haber sirenas y menos en un afluente.
- Y tú que sabes si hay sirenas o no, si no eres de aquí. ¿Y si las sirenas viven en el Arandilla en invierno? ¿Que pasa si viven ahí en invierno, vamos a ver?
- Ya me extraña, dudaba el Nieto.
- También a mí me extraña que tú juegues al tenis, y no digo nada, ya ves por dónde.

En ocasiones, optábamos por quedarnos en la Plaza. Elegíamos un banco de los de doble asiento, una bancada hacia los soportales y otra hacia la

Plaza, pintados de verde con las letras en negro: "Caja de Ahorros del Círculo Católico". Variaba el lugar de reunión pero las discusiones venían a ser las mismas.

- En Madrid hay metro, contaba el Nieto, a lo mejor sin mala intención, por el mero gusto de contarnos cómo era su vida.

- Y aquí también y no uno sino muchos, en Ridruejo, ahí mismo lo tienes, cada dependiente tiene uno. Y si los quieres de madera, vamos al taller del señor Vitoriano, el carretero ¿qué te parece?, le retaba Paco.

- Sois una panda de paletos.

- Y a mucha honra, sí señor, así que si no te gusta ya sabes lo que tienes que hacer, a orearte, majo.

El Nieto era un niño fino de Madrid que pasaba en Aranda un mes cada verano. Claramente un forastero. Rubio, blanco de cara, ojos claros, un poco cursi, pedante. La señora Estefanía formaba parte de nuestra vida. También el Quijote, cuyas aventuras leíamos en la escuela y que, a veces, se me aparecía en las ensoñaciones de las tardes de invierno. El Nieto, en cambio, era un ser extraño. Nosotros lo detestábamos y rehuíamos cuanto podíamos su compañía.

- Lo que pasa es que me tenéis envidia porque soy de Madrid, nos retaba él cuando la reconvención de nuestras familias nos obligaba a aceptarlo en la cuadrilla.

- Lo que pasa es que nos jode tener que aguantar a un gilipollas toda la tarde, nos defendía Paco.

El Nieto era hijo único del único hijo de su abuelo, como él gustaba recordarnos para delimitar el terreno.

- O sea que todo lo de mi abuelo y todo lo de mi padre, será para mí.

- Pues que te aproveche, capitalista, le respondía Tomás.

El Nieto nos fastidiaba sobremanera. No tenía ninguna afinidad con nosotros. Era redicho y sabidillo, en su colegio hablaban francés y jugaban al tenis, que era un deporte que nosotros no habíamos visto ni en el No-Do.

- Es como el frontón, pero sin frontón y en pantalón corto, nos explicó Manolo después de consultar el diccionario.

Si, después de todo, acabábamos aceptando al Nieto en la cuadrilla no era sólo por imperativos familiares sino porque nosotros apreciábamos a la señora Estefanía, que nos lo había encomendado.

- Mirad a ver si lo espabiláis un poco, nos encomendaba ella cuando íbamos a buscarle al puesto de la Plaza.

- De donde no hay mata, no se puede sacar patata, rezongaba Paco.

Pero no hay que fiarse de las apariencias. Muchos años después, cuando la señora Estefanía había cerrado definitivamente su puesto de pipas y nosotros empezábamos a contarnos la canas, en uno de los actos oficiales del ministerio, un tipo me echó un brazo por el hombro.

- Cuando quieras te echo una al tenis, me propuso, confianzudo. Nos jugamos un reserva de la Ribera.

- ¿Nos conocemos?, pregunté por decir algo.

- Yo a ti, sí, y a tus amigos de Aranda, también. Sentí la muerte de la señora Estefanía, por cierto, añadió.

Ahí estaba el Nieto. Por un momento temí que fuera uno de los nuevos cargos y acabara siendo mi jefe pero no, estaba de visita. Y sí, había hecho un carrerón en la empresa y, ahora, en la política. No jugamos ni al tenis ni a nada pero nos tomamos un vino.

- Es verdad que yo era un poco gilipollas pero aunque hubiera sido un portento, como no era de Aranda a vosotros os hubiera parecido imbécil, me dijo.

Antes de despedirnos, me dio un recado. Dile a tus amigos que había mata y que da buenas patatas.

Por mi parte, he dejado de ir a los actos oficiales del ministerio.

EL BARRILES

En la orilla derecha del río Duero, a su paso por Aranda, hay un espacio de recreo con juegos infantiles, bancos, un bar y un pequeño embarcadero con varias barcas amarradas. Es el Parque del Barriles porque ese fue el reino de Pablo de Pablo, a quien todo el mundo lo conocía por el apodo familiar: el Barriles. Los Barriles eran una familia que vivía a la orilla del Duero, cerca del Bañuelos y conocía la naturaleza mejor que el cura el padrenuestro. Vivían de la naturaleza, de hecho, de todo lo que producía y ofrecía la naturaleza. Furtivos, se llamarían ahora, pero a la vez cuidadosos del medio ambiente. Suyos eran los mejores conejos, cuando en el monte de La Calabaza aún los había, suyos los mejores cangrejos, cuando los había en el Arandilla y el Bañuelos. Suya la protesta más encendida cuando el ayuntamiento permitía talar el monte nada más que porque sí.

Y suyas eran las barcas que atracaban a la orilla del río, a un tiro de piedra de la casa familiar.

Las barcas del Barriles eran obra suya, de Pablo. Él las armaba, él las cuidaba, él las manejaba. A veces por voluntad propia, por el placer de recorrer el río sólo o acompañado de sus amigos, reservadísimo el derecho de admisión. A veces para cumplir algún encargo del ayuntamiento, quitar una rama que estorbaba, limpiar algún obstáculo. También para sacar a algún ahogado, que en aquellos años el Duero se cobraba varias víctimas cada estío. Y siempre, siempre, cerca de la cucaña en fiestas, para ayudar, por si acaso. El Barriles era un Neptuno de agua dulce.

Con el tiempo se montó un chiringuito junto al embarcadero, al que se añadieron unas mesas de madera y unos bancos, adonde íbamos sus amigos, con los que compartía almuerzo, especialmente en las fiestas de Aranda, o merienda, al caer la tarde. Pablo tenía la socarronería propia de la tierra y esa pizca de mala leche que mortifica pero no ofende. No tuvo una vida fácil, le rozó la peste de la colza y enviudó con seis hijos pero siempre tuvo el ánimo de mirar hacia adelante y a nadie cargó con sus penas. También tuvo tiempo de conocer Cuba pero una noche se acostó y no volvió a levantarse. Lo encontró muerto uno de sus hijos.

Enjuto, renegrido por el sol y el aire, Pablo tenía la virtud de ser amigo por igual de chicos y grandes, sin distinción de clases. A los únicos que no soportaba era a los pretenciosos, los listos de nacimiento. El Nieto era uno de ellos. Nos lo endilgaban cada verano y nosotros lo soportábamos más mal que bien. Él presumía de su vida en Madrid y nosotros tratábamos de epatar a nuestra manera hasta el punto de emprender fechorías, por el sólo placer de asustarle. Una tarde, se nos ocurrió desenganchar una de las barcas que Pablo tenía amarrada en el embarcadero y, sin encomendarnos a nadie, dar un paseo por el río.

- Nosotros, esto lo hacemos todas las semanas, fanfarroneamos.

En plena navegación perdimos uno de los remos y acabamos en la presa de don Publio, donde alguien nos vio y dio el aviso y de donde nos rescató el propio Barriles.

- No os pego una hostia porque no quiero mancharme la mano de mocos, nos dijo el bueno de Pablo al vernos aguantar el tipo, embarrancados allí de mala manera.

- Le advierto que si me pone la mano encima, mi padre le puede montar un consejo de guerra, le retó el madrileño.

Pablo, que estaba enganchando un nuevo remo en la barca varada, se incorporó con toda parsimonia, miró al chico, nos miró a nosotros con aire de regocijo y no dijo más que hay que joderse con el madriles. Después volvió a su tarea, desembarazó la barca, le encomendó los remos a Paco, que era el mayor, y mandó que le siguiéramos. Al llegar al embarcadero, el Barriles ató su barca con toda cachaza, esperó a que Paco situara de costado la nuestra y nos tendió la mano para ayudarnos a saltar a la ribera. Cuando el Nieto hizo ademán de saltar, le cogió por el cuello del jersey y lo depositó en tierra como a un pelele. Sin soltarle, nos miró a nosotros, que permanecíamos quietos en la orilla, se volvió a él, adelantó la mano con la que le sostenía, levantó el pie y le dio una patada en el trasero que le hizo salir trastabillando varios metros.

- Cuando veas a tu padre le enseñas el culo, y si quiere algo más, ya sabe donde puede encontrarme, que él conoce bien la marca.

Luego, nos miró a nosotros, que nos habíamos quedado parados como pasmarotes y nos dijo: Como os vuelva a ver por aquí, os rompo la crisma, ya lo sabéis. Así que echamos a correr hacia la carretera y seguimos corriendo hasta la Plaza, seguidos por el Nieto.

Lástima que Miguel Delibes se orientara hacia el norte de Burgos en vez de hacia el sur y se perdiera la ocasión de conocer al Barriles porque hubiera compuesto un personaje más profundo que el señor Cayo, más ingenuo que el padre del Nini. Pablo de Pablo, el Barriles.

LA SEÑORITA ANGELINES

Un niño es lo más parecido a un dios. Es dueño del tiempo y tiene el don de la creación. No está sometido a la tiranía del calendario, de la agenda, de los compromisos. Tampoco está sujeto a las reglas sociales, ni a las limitaciones domésticas de la convivencia cotidiana. Ni siquiera a las reglas gramaticales, sintácticas u ortográficas.

En la infancia no se es consciente de ese don que la naturaleza otorga temporalmente. Sólo algunos privilegiados disfrutan, en tanto dura, de esa merced. Suelen ser niños enfermos, obligados a la quietud y a la soledad, atentos a lo que sucede en derredor. Con tiempo para pensar, que siempre ha sido privilegio supremo.

Yo fui uno de esos seres privilegiados. Niña enfermiza, aprendí algunas cosas de dudosa utilidad. A poner nombre a los sentimientos confusos. A oír los silencios entre las palabras. A hablar conmigo misma. A callar. De paso, aprendí a leer. Por iniciativa propia, obligando a los mayores que me rodeaban a "explicarme" primero el silabario que colgaba en la pared de mi habitación, heredado de mi hermano, después el catón y más tarde la cartilla, heredados igualmente, y enseguida los primeros cuentos, auténticamente míos. Como los vericuetos de la vida son tan inescrutables como los designios divinos, así fue como descubrí, de una tacada, los beneficios de la cultura y la propiedad privada.

Siendo, pues, una criatura enclenque, tuve menos oportunidades de jugar en la calle, de correr y de pelearme con otros niños, esa fórmula pedagógica tan apreciada y añorada en las ciudades actuales, aquejadas de autismo social, dicen, de puro ruido y trasiego. A cambio dispuse de utensilios fáciles de manejar, como un abecedario con letras de plástico de distintos colores, que me permitió hacer algunos descubrimientos singulares: el primero, que las letras son elementos con autonomía y vida propia. Cogía un puñado de ellas y al caer sobre la colcha aparecía un juego de *copas* o una pandilla de *capos*. Con los mismos ingredientes salía una familia de *pacos* o sólo unas *pocas* letras. Me entretenía el puzzle, cogía y dejaba piezas y encontraba *sacos, cosas, sapos, sopas*. Desechaba piezas y encontraba *ocas* o una *osa* tan gorda que parecía un *saco*, por eso no le hacían *caso* y se marchaba caminando a buen *paso*. Cuando hube conquistado el abecedario seguí con el catón y enseguida emprendí la expedición al diccionario. Aquél primero había sido también de mi hermano y tenía muchos dibujos: aviones, bombillas, casas, coches, continentes, libros, mares, nubes, plumas, trenes... Llegué a dominarlo totalmente. Soplaba sobre las páginas y las palabras se iban enderezando, lentamente o deprisa, según el ánimo y el aire de aquel día, ésta se demoraba, aquella salía corriendo, unos ojos se cerraban, otros miraban con curiosidad, la boca se abría en una risa franca o se fruncía en un mohín caprichoso. Soplaba sobre el diccionario, y discurría la vida entera. Había días lluviosos y soleados, urbes abigarradas y aldeas despobladas. Palabras perezosas y diligentes. Todas con vida propia.

Pasaba los días enfrascada en ese tipo de exploraciones, ajena a la vida que discurría en el exterior de mi casa. Como además de enclenque era tímida, rehuía el trato con las visitas, me espantaba que me vieran los amigos de mi hermano cuando venían a buscarlo y nunca sentí el deseo de jugar con otras niñas, que a veces veía desde la terraza.

Faltaban muchos años para que se introdujera el concepto de la enseñanza obligatoria y universal y la oferta escolar primaria era diversa. Estaban, en primer lugar, las escuelas de la villa, públicas y gratuitas, unas para niñas y otras para niños, tan separadas que solían alojarse en distintos edificios. A ellas acudían los hijos de quienes no podían pagar otra cosa, con cierto recelo de los padres, por un lado deseosos de que los niños aprendieran a leer, a escribir y las cuatro reglas, y por otro, convencidos de que en sus aulas aprenderían más pillerías que cosas de provecho.

Luego estaban "los frailes" y "las monjas". Estos estaban reservados a los niños y niñas, exactamente igual de separados, de las familias *bien* del pueblo. Ambos eran de pago, si bien reservaban algunas plazas gratuitas para niños pobres. En ambos centros los escolares vestían uniforme. También los niños pobres, aunque distinto que el de los alumnos de pago. Con el tiempo se ampliaría la oferta privada con un nuevo colegio de monjas. Las Dominicas. Estas supusieron un notable avance social. Las niñas pobres llevaban el mismo uniforme que las de pago. Y, por una de esas paradojas del siglo, resultó ser el centro más progresista de la comarca. El primero que introdujo algo parecido a información sobre sexualidad y uno de los primeros en asumir la enseñanza mixta. La paradoja suprema es que acabó convirtiéndose en el colegio *chic* de la comarca.

Finalmente, estaban las clases particulares. Estas solían estar a cargo de maestros y maestras que, o bien no habían aprobado las oposiciones que requería la enseñanza oficial o, habiéndolas aprobado, habían sido desplazados de sus puestos. Así encontraron subsistencia, casi siempre mísera, algunos maestros fieles a la República, represaliados al término de la guerra civil. Las clases se acomodaban en alguna sala de la vivienda del maestro o la maestra, a quien con frecuencia ayudaba en las tareas docentes algún familiar, casi siempre femenino: la madre, la hija, la mujer. Ocasionalmente, el maestro o, más frecuentemente, la maestra, se desplazaba a la casa del alumno, especialmente en el caso de familias numerosas, tan comunes en aquellos años.

Mi padre siempre receló de la calidad de la enseñanza pública y, especialmente, de la asepsia ideológica de los maestros, todos afines a la dictadura, de grado o por la fuerza. Así que, tras algunas discusiones acerca de cual sería la fórmula más adecuada, cómoda y barata, se optó por contratar los servicios de una maestra para los niños de la familia. La señorita Angelines, joven y cariñosa, se estrenó con mi hermano y mis primos. Yo me incorporé al cumplir los cinco años.

La clase ocupaba una sala en la planta baja de la casa de la abuela. Era una casona de planta y dos pisos que había sido construida a finales del siglo XIX por mi bisabuelo materno, sin ninguna característica especial. Idéntica a cualquiera de las que se alzaban en el barrio. Tenía fachadas al puente y a la carretera de Soria. Separada de las construcciones próximas por una calleja que bajaba al río, la fachada norte miraba al Duero, cuyo murmullo se oía nítidamente y nos arrullaba en las noches de verano. Mi abuela heredó la casa a la muerte de sus padres. Con el tiempo, los pisos superiores se habilitaron como viviendas independientes que ocuparon mis padres, primero, y mis tíos, después. La abuela se reservó para sí la planta baja, y allí pasábamos la vida los nietos, excepto para dormir, y no siempre, que subíamos a la casa de nuestros padres.

Pues bien, la sala escolar tenía dos ventanas, una daba al río y otra al puente. Por ésta se veía el trasiego constante de gente entre el Allendeduero y el Arco, entre el Arco y el Allende. Por aquélla el discurrir del agua y la isleta que se formaba en mitad de la corriente entre nuestra casa y el cine. Entre aquellas paredes y aquel paisaje mis primos, mi hermano y yo aprendimos las primeras letras de la vida con la señorita Angelines.

En mi memoria, la imagen de la maestra se conserva con el mismo color y ternura que otros conservan el recuerdo del primer amor. En color sepia y algo difuso. Sé con certeza que tenía una voz suave y agradable, que hablaba pausadamente y nunca gritaba, que se dirigía a cada uno de nosotros directa e individualmente, como si fuéramos su único alumno, que ponía especial empeño en inculcarnos el amor a la lectura y en que nos expresáramos con propiedad. Sujeto, verbo, predicado, repetía cuando dejábamos alguna frase a medio terminar. Tenía una forma peculiar de expresarse, un cierto aire de dama antigua, pese al regusto que mostraba por las palabras nuevas: átomo, energía nuclear, bomba de nitrógeno, libertad.

Se fue de repente, no sé si por decisión propia o por razones ajenas a su voluntad. En casa nadie volvió a hablar de ella, como si nunca nos hubiera visitado. Meses más tarde mi hermano me confió, muy en secreto, que la señorita se había "fugado" a Barcelona con un novio que vino a buscarla. El hecho es que jamás volvió por el pueblo. Muchos años más tarde, al término de la presentación de uno de mis libros en la capital catalana, se acercó una señora a la mesa donde firmaba ejemplares.

- Tú no te acordarás de mí... -oí apenas, y noté que se me encendían las mejillas y se me aceleraba el pulso. Dios mío, pensé sin atreverme a levantar la vista, que no lo esté soñando- ... eras muy pequeña y yo te di clase, también a tu hermano y a tus primos, siguió diciendo.

Era ella. Seguía siendo ella. En ese instante, que es sólo un segundo y parece una eternidad, busqué con ahínco palabras hermosas con las que agradecerle su amabilidad, su mesura, la encantadora forma de hablar que tenía y que se esforzaba en inculcarnos... La encontré extremadamente hermosa, con esa hermosura que proporciona una vida plácida. No me preguntó nada. Ni yo a ella. Recogió el libro, y apretó mi mano al hacerlo, me miró con dulzura y afecto, con la misma mirada que recordaba, y se fue con su aire de dama antigua.

Gracias por enseñarme a amar las palabras, escribí en su libro.

NUESTRO TROZO DE CIELO

Entonces medíamos el acontecer cotidiano y el paso del tiempo con la medida de las fiestas.

Por San Antón sabíamos que los mayores empezaban a sacudirse la modorra del invierno. La procesión de Santa Agueda marcaba el terreno de las mujeres casadas y, a la manera de las actuales revistas del corazón, aprovechaba el paso para dar cuenta del movimiento demográfico, bodas, nacimientos, defunciones, y de los cambios sociales enfermedades, curaciones, distanciamientos afectivos, llegada de forasteras... San Marcos -los niños descalzos- anunciaba, casi siempre con desajuste, la llegada del buen tiempo. La Cruz de Mayo reclamaba el agua necesaria para el campo, pero su lento, lentísimo paso certificaba, de manera más evidente, que el mozo que bailaba ante ella había abandonado definitivamente la infancia para ser admitido en la cofradía de los adultos. La romería de San Isidro era el último respiro de los labradores antes de empezar de lleno las tareas del campo. La noche de Animas arrastraba consigo la soledad del invierno, mientras las campanas de Santa María tañían hasta el alba, -ton, ton, ton- los viejos aprovechaban para repetir antiguos relatos con la muerte como protagonista... -ton, ton, tooon- y los niños nos acurrucábamos al brasero, fingiendo dormitar para que no se nos notara el sobresalto.

Por San Roque se hacía el balance de la siega y en la Virgen se festejaba la cosecha reuniendo a los miembros dispersos de la familia para ir primero a la procesión y, luego, a los toros. La bonanza del año se medía en los carteles. Si el grano no llenaba los silos, la feria se liquidaba con dos novilladas y poco más. El paseíllo del Viti era un indicativo razonablemente satisfactorio, si toreaban los hermanos Girón tampoco había ido mal el año. Si la cosecha había sido el acabóse, se contrataba al Cordobés. Cuando Aranda se hizo industrial empezaron a venir todos ellos, sin atender a cómo se hubiera dado la cosecha, pero para entonces el tiempo había empezado a medirse exclusivamente al dictado del calendario. Y la mayoría de nosotros había dejado atrás la niñez.

De aquellas celebraciones que señalaron nuestra infancia, y la infancia de muchas generaciones que nos habían precedido, creo que la única que se conserva tal como la soñamos, la vivimos y la recordamos es la bajada del ángel. La bajada del ángel siempre fue una fiesta eminentemente infantil. Más aún, para los niños de aquel Aranda que no alcanzaba los diez mil habitantes y medía sus días en el discurrir del agua y en el color de la tierra, la bajada del ángel era la fiesta por excelencia.

Los niños de entonces teníamos en la calle nuestra sala de juegos y en el acontecer de la vida nuestro mejor espectáculo. Por inverosímil que resulte, carecíamos de televisión, de la que sólo sabíamos que era una especie de armario con cine dentro que se había inventado en América. Carentes de referentes técnicos, no teníamos ninguna fe en aquel híbrido de radio y cinematógrafo, un cajón con música e imágenes. El artefacto nos era tan lejano como los cohetes a la luna, que también se habían inventado o estaban a punto: apenas una mención en el NO-DO. Puestos a señalar, nos eran mucho más próximas las cabalgadas de John Wayne (léase, Yon Bueine) por el far-west, que entonces era todavía el legítimo lejano oeste y no el desierto de Almería. Para los niños de entonces la calle era nuestra, con perdón. Y la fantasía, una realidad cotidiana.

Y para fantasía, la bajada del ángel. Salvadas las distancias, era como una primaveral mañana de los Reyes Magos, de la que, además, éramos testigos. El atractivo de esta celebración era múltiple. A la diversión de los preparativos sucedía la emoción de la propia bajada y la incertidumbre de la despedida. Los preparativos empezaban en el momento en que los empleados del Ayuntamiento trasladaban los artilugios celestiales desde los almacenes municipales a la fachada de Santa María.

Con la meticulosidad de una ceremonia ritual, nos acercábamos a aquellos cachibaches tal como los sioux se aproximaban al fuerte del Séptimo de Caballería: con sigilo y conocimiento del terreno. Cuando nuestra curiosidad superaba los límites que los empleados municipales consideraban razonables, nos espantaban sin mucho miramiento.
- ¡Venga de aquí, que no hacéis más que estorbar!

Entonces reculábamos hasta la acera para hacer recuento de nuestros descubrimientos.

Siempre había alguien dispuesto a asegurar que el globo de ese año era más grande que nunca, mientras otro aseguraba haber visto cómo el ángel hacía malabares con las palomas.

Sentados en la acera, seguíamos atentamente todas las maniobras de los operarios: el anclaje de los andamios, el enclavado de las maderas, el tensado de la cuerda... El miércoles acompañábamos nuestra presencia con el ruido de las carracas. El sonido de la carraca, como el sabor de las torrijas, eran los signos que identificaban la Semana Santa. ¡Peste de chicos, andad a dar la murga al cura!, nos ahuyentaban cuando el estrépito subía de tono.

Nuestra condición de testigos habituales no mermaba la sorpresa ante la obra terminada. Cuando, finalmente, se cerraba el armazón y se cubría con aquellas maderas pintadas de blanco y azul, las mismas que habíamos tocado en el suelo, las mismas que conocíamos de otros años, el escenario celestial se convertía a nuestros ojos en un auténtico trozo de cielo. Invariablemente, de manera subrepticia o por las buenas, nos acercábamos al muro para ver si dentro del cubil descubríamos al ángel ensayando su bajada. Es evidente que no estábamos en absoluto maliciados. Luego, sólo quedaba esperar el domingo.

Las generaciones jóvenes no saben cuánto han de agradecer a quien decidió demorar el inicio de la bajada del ángel porque, hasta entonces, nuestros domingos de pascua estuvieron marcados por una madrugada inclemente que no atendía a fiestas ni vacaciones y antes de las diez de la mañana nos obligaba a estar acicalados -y ateridos- con las galas de verano. A esa hora, con puntualidad religiosa, la procesión del Resucitado salía de Santa

María para encontrarse en el centro de la plaza con la imagen de la Virgen enlutada. En ese momento se repetía el prodigio. Nuestro trozo de cielo empezaba a cobrar vida. Siguiendo una bien pautada tradición, aquella puerta circular, por la que se deslizaba el globo, rara vez se abría al primer intento.

- El ángel, que no quiere salir, advertía alguien.

Tras un forcejeo con los cables y las poleas, finalmente, se abría para dar paso a una peculiar nube esférica que se deslizaba varios metros sobre el suelo, a veces lentamente, otras a trompicones, hasta el centro de la plaza. En el momento supremo, el globo, como la puerta, también se resistía a la apertura. Lo cual, lejos de desalentarnos, añadía mayor misterio a la ceremonia. ¿Saldrá, por fin, el ángel? ¿Se habrá fugado esta vez? ¿Habrá decidido permanecer en el cielo?

Naturalmente, el ángel acababa saliendo. Aturdido y asustado, pero salía. No menos aturdidas salían las palomas para desaparecer, rápidamente, en los tejados próximos. El ángel descendía pataleando sobre el aire, en lo que a nosotros nos parecía un vuelo majestuoso, hasta posarse cerca de la Virgen y tomar el paño negro que daba por concluido el luto cuaresmal.

Según la disposición de ánimo de quien moviera el juego de poleas, el ángel revoloteaba más o menos sobre la multitud reunida en la plaza. Tres amagos era lo razonable. Luego se posaba en el suelo suavemente, o así lo intentaba, incorporándose a la procesión bajo las andas de la Virgen, cuyo velo portaba. De cerca, el ángel -con su túnica, sus rizos y su coronita blanca- tenía una expresión entre desvalida y asustada, por la impresión del reciente vuelo, sin duda.

Nosotros le mirábamos con una mezcla de admiración y complicidad. Dada nuestra proverbial ignorancia de la historia, apenas habíamos oído hablar de Diego Marín Aguilera, el vecino de Coruña del Conde precursor de la aviación, y, como el parapente aún no se había popularizado y tampoco habíamos descubierto el puenting, nos parecía que el vuelo rasante sobre la plaza de Santa María era una hazaña de mérito que no estaba al alcance de cualquiera.

Aparte de ese meritoriaje, el ángel no dejaba de ser un colega. Por grande que fuera nuestra ingenuidad, y a fe que lo era en dosis superlativas, resultaba inverosímil ver descender de las alturas a un ingeniero de Caminos, Canales y Puertos con toda la barba. El ángel era, al fin y al cabo, uno de los nuestros.

Cuando la procesión se disolvía en el interior de Santa María comprendíamos que había terminado nuestro protagonismo. Quienes habíamos compartido la emoción de ver nacer ese trozo de cielo y luego salir de él un ángel que realmente volaba, soltaba palomas, cogía el velo de la Virgen y bajaba a la procesión, nos dispersábamos cada cual a nuestro barrio para incorporarnos a la rutina familiar, la comida de pascua, la obligada cortesía con los forasteros, si los había, y al día siguiente, vuelta a clase.

Ese mismo lunes los empleados del Ayuntamiento desmontaban el juego de poleas y se llevaban nuestro trozo de cielo. La plaza de Santa María quedaba reducida a un lugar de paso. En los meses siguientes, la chavalada a veces coincidíamos en la plaza, comprando pipas a la señora Estefanía, o en la cola del cine, sacando las entradas para "la infantil" y cruzábamos un "hola" o un "qu'iay".

Como sucedía con los Reyes Magos, a medida que íbamos creciendo la magia del ángel iba diluyéndose. La frontera terrible de los diez años venía a marcar el momento del alejamiento. A partir de esa edad uno venía obligado a mirar las cosas con un principio de escepticismo y de espíritu crítico. Las tablas eran sólo tablas que a veces se repintaban ante nuestros ojos, las cuerdas eran cuerdas, el globo era el mismo globo de siempre y hasta el ángel empezaba a estar demasiado crecido para tales menesteres. Los más avisados apuntaban su dosis de censura social.

- Siempre son los mismos los que se juegan la vida.

- ¿Habéis visto alguna vez que haga de ángel el hijo del alcalde o del gobernador?

Aquellas consideraciones acababan por apuntillar nuestro entusiasmo. Entrábamos en la adolescencia con dos certezas terribles, a saber, los Reyes no venían de Oriente sino que eran los padres y el ángel no surgía de nuestro trozo de cielo sino que en algún lugar de Aranda vivía un chico que cada año "hacía" de ángel.

Así fuimos desprendiéndonos de nuestra ingenuidad y se nos fueron revelando otras verdades no menos terribles. Con las primeras ausencias en los preparativos adquirimos conciencia de la proximidad de la muerte o del desarraigo de la emigración. Me parece que fue así como empezamos a intuir que teníamos toda una vida por delante y aprendimos que a veces uno se va de los lugares que ama. Hasta que un día nos descubrimos a nosotros mismos repitiendo lo que tantas veces habíamos oído de los mayores, ¡cómo pasa el tiempo!

Hoy la bajada del ángel es una fiesta de interés turístico, que cada domingo de Pascua atrae a miles de arandinos y forasteros, muchos de ellos desplazados de otros países y de continentes lejanos. Años ha habido que "nuestro" ángel ha aparecido en la televisión, ese armario doméstico con imágenes que ahora nos acompaña indefectiblemente todos las horas de nuestros días.

No quiero ni pensar lo que sucederá cuando los japoneses lo descubran. Porque, vamos a ver, ¿cómo explicarles que "eso" que ellos fotografían compulsivamente fue para muchos de nosotros nuestro pequeño y particular trozo de cielo?

ADELINA

De Adelina decían que había sido la mujer más hermosa que se hubiera visto en el pueblo entre las dos grandes guerras pero yo le recuerdo anciana y derrotada. Así y todo, emanaba de ella un halo de fascinación que, supe más tarde, sólo poseen los seres libres. Tenía un esqueleto sólido y proporcionado, caminaba por la calle con la frente alta, erguida a pesar de su edad, miraba a los ojos de quienes se cruzaba al paso. Sonreía, se paraba a saludar a unos y otros, hablaba con los niños, bromeaba con quien le parecía excesivamente circunspecto, reconvenía a los borrachos. Cuando sus coetáneas utilizaban colores oscuros en su atuendo, ella vestía trajes floreados y se adornaba la cabeza o el cuello con bonitos pañuelos en originales atados, que muchos años después se pondrían de moda. Vivía la vida con fruición, era divertida y pícara, amable y tierna, inteligente y seductora. Derrochaba vitalidad, incluso en los años de la decadencia absoluta.

Parecía vivir en la calle, te la encontrabas al ir a la escuela, al volver a casa, en la misa dominical, en la arboleda de la ermita, en la sesión infantil de cine. Amiga de los porteros de las dos salas de proyección que entonces había en el pueblo, gozaba de bula para entrar gratis a cualquiera de las sesiones. Si había butacas libres, ocupaba una, en caso contrario, el acomodador sacaba de la taquilla una silla de tijera dispuesta para que Adelina, ya un poco dura de oído, pudiera sentarse cerca de alguno de los altavoces del local. Cuando salíamos, nos contaba su versión de la película y en su relato descubríamos una historia que sólo tangencialmente se parecía a lo que creíamos haber visto un rato antes. Ella nos enseñó que Charles Chaplin no era sólo el torpe Charlot que andaba a trompicones. Y con las pelis del oeste, las de tiros y cabalgadas favoritas de nuestra niñez, nos iniciamos en conceptos como expansión y conquista, exterminio, pueblos indígenas. No, claro, ella no lo expresaba así, pero con sus palabras nos inculcó las percepciones iniciales que luego aprenderíamos a formular adecuadamente. Nos regalaba un mundo ignorado, haciendo desfilar ante nuestros ojos infantiles los personajes que había conocido en sus viajes.

- Adelina, cuéntanos lo del ministro.

- El ministro, en pijama, con la chaqueta abrochada al desgaire, sólo atinaba a decir, *susórdenes* mi general, *susórdenes* mi general. Franco no movía un músculo, se había quedado plantado en la puerta de la habitación del hotel María Cristina de San Sebastián, donde el ministro disfrutaba de los beneficios gubernamentales en la persona de una joven de vida airada.

Adelina, tan libre como era, tenía una recatada forma de relatar ante nosotros incluso los sucesos más escabrosos. Decía, por ejemplo, *señorita de moral distraída*, donde el Malaguilla decía puta. O *se beneficiaba de*, donde él traducía jodía con.

- No digas palabros delante de los chicos, le reprendía ella cuando el Malaguilla se excedía en sus exabruptos.

- Yo digo lo que me sale de los cojones y éstos pueden oír lo que les quepa, que no va a ser de mí lo peor que pueden aprender, le retaba él.

Del Malaguilla nunca llegué a saber su nombre de pila. Era un hombre bien parecido, un poco desgarbado, al estilo Gary Cooper, demasiado alto para la talla media de aquellas generaciones, nacidas cuando el país liquidaba sus últimas colonias. Tan distinto a Adelina y tan igual a la vez, fue uno de sus últimos amigos. Les unió la misma malaventura e idéntica necesidad de libertad. Él solía beber más de lo conveniente y cuando lo hacía tenía siempre la misma obsesión: tirarse al río. Con una embriaguez real o fingida, se encaminaba al puente, se apoyaba sobre la barandilla y repetía a quien quisiera oírlo: Que me tiro al río...

Siempre había alguien que trataba de desalentarle.

- Venga Malaguilla, vete a casa a dormirla, no vayas a caerte de verdad y tengamos un disgusto...

Era una puesta en escena que repetía imperturbable, una y otra vez.

- Que me tiro, que me tiro al río...

También nosotros, los niños de entonces, conocíamos el argumento de aquella comedia, lo que no impedía que la siguiéramos con atención, incluso que interviniéramos en ella cuando así lo requería el guión.

- Malaguilla, vete a casa, murmurábamos, alarmados e incondicionales. El Malaguilla levantaba dificultosamente la pierna hasta acaballarse sobre la barandilla.

- No, si al final se va a caer al agua, ya verás como algún día tenemos algo que lamentar, advertía alguien, mientras él porfiaba: que me tiro, que me tiro al río.

Si consideraba que la función había adquirido la emoción suficiente, el Malaguilla, a horcajadas sobre la baranda de hierro, anunciaba: voy a ver cómo está el agua. A continuación, tiraba la boina al río, esperaba unos minutos hasta que se perdía en la corriente, y concluía: hoy me parece que el agua está un poco fría. Manteniendo difícilmente el equilibrio, volvía a cruzar la pierna sobre la barandilla y, ya sobre la acera, se despedía cortésmente de su publico.

- Adiós, señores, otro día será ...

Cuando yo la recuerdo, resultaba difícil reconocer en Adelina la mujer de mundo que había sido. Había accedido a la Universidad cuando muy pocas mujeres llegaban, frecuentó la Residencia de Estudiantes y se codeó con escritores, pintores, filósofos y toreros. Conoció a García Lorca y a Salvador Dalí, del que nos contaba sabrosas y divertidas anécdotas. Había luchado en el frente con Buenaventura Durruti, de quien seguía enamorada.

- Era el hombre más guapo que ha parido mujer, el más galán, el más valiente y el mejor plantado, repetía una y otra vez. Lo mataron de mala muerte porque de frente y por derecho no hubieran podido. Lo mataron de mala muerte quienes más tenían que defenderle. Por eso vino luego lo que vino. Aunque, ya ves, en esto también hemos pagado justos por pecadores, que otros más listos y más cobardes bien supieron ponerse a resguardo, mala muerte les llegue después de su desgraciada vida.

Lo que vino era la dictadura, palabra ominosa que nunca se pronunciaba entonces y que descubrimos con ella.

- La diferencia entre democracia y dictadura, nos explicaba, es que con la primera uno es protagonista de la historia, como Viriato, como Séneca, como los Pinzones o como Buenaventura Durruti. Aunque tu nombre no aparezca en ningún libro, aunque nadie te rinda honores ni te griten viva, viva, uno es protagonista de la historia. La dictadura es justamente lo contrario. Un déspota firma lo que otros déspotas deciden que les conviene mejor y los subordinados esperan las migajas, obedecen y callan y miran hacia otro lado cuando alguien pronuncia las palabras sagradas: justicia y libertad. La democracia hace personas libres, la dictadura seres sumisos.

- Adelina deja en paz los chicos y no les metas ideas raras en la cabeza, le amonestaba el tío Pitorro, el pregonero, la máxima autoridad municipal a la que teníamos acceso.

- No son ideas raras, es la pura verdad, que no sé qué les enseñan en la escuela, protestaba ella. En la escuela, ocioso resulta decirlo, nadie nos habló nunca de Durruti.

Tardamos años en entender cabalmente a Adelina y cuando comprendimos era demasiado tarde para disfrutar de su lucidez. De ella aprendí yo las primeras nociones de geografía: hablaba de las costas de Francia, de los bosques de Canadá, de las llanuras del oeste americano, de la sabana africana y de las estepas asiáticas. Y del okapi, el animal que no resiste vivir en cautiverio.

Adelina era el último eslabón de una familia venida a menos.

- Venida a nada, puntualizaba ella al narrar las vicisitudes familiares, marcadas por un hálito de tragedia.

El padre murió desangrado de una cuchillada en una tonta discusión de madrugada, cuando intentaba separar a dos borrachos en la calle de las Boticas. Su único hermano quedó en el frente de Somosierra, después de incorporarse al batallón de requetés que pasó por Aranda, una aventura casi infantil. Tenía dieciséis años. Al conocer la noticia, la madre quiso acompañar al hijo y, en su huida descabellada, cayó por el balcón. Durante los diez años que duró la agonía de la madre parapléjica, Angelina fue enfermera, cocinera, doncella y administradora de los bienes familiares. Cuando la madre ya había muerto, supo que el futuro Polígono Industrial iba a ocupar parte de sus tierras, que le fueron expropiadas, como a tantos otros. Ella se enfrentó a lo irremediable con la pasión que puso en todos los trances de su vida, se negó a cobrar las indemnizaciones y pleiteó para que no le fuera arrebatada la propiedad. Fue su último cepo. La pelea le impidió irse cuando todavía estaba a tiempo de hacerlo.

Acabó perdiendo la cabeza. En ocasiones salía al balcón, malvestida con una saya, impartiendo consejos ante un auditorio imaginario. Los niños, que no la habían conocido sana y lúcida, la seguían por la calle, burlándose de su demencia. Finalmente, alguna alma piadosa la internó en el asilo de ancianos desamparados. Una sola noche permaneció recogida. En la mañana, cuando las monjas acudieron a su cama, la hallaron muerta.

Murió como el okapi, de su propia voluntad, y bajó a la tumba con la sola compañía de dos monjas, el cura y el enterrador.

LA APUESTA

Manena era tan hermosa y su padre era tan rico que durante generaciones se convirtió en la unidad superlativa de medida al hablar de belleza y poder.

Sin contar que ser hija de Adolfo Velasco era ir por la vida con un escudo protector. Había que estar muy seguro de sí mismo para acercarse a la hija de un cacique que ejercía su protección como los reyes medievales, a saber, a quien se le ocurra pasarse un tanto así se le cae el pelo. Y no era hombre que hablara por hablar.

Cuando la hija cumplió dieciocho años, él organizó una fiesta en la finca del Montecillo. Manena había pedido de regalo una pick-up -un picú- para hacer guateques y allí tenía el tocadiscos Phillips de madera y cuero, traído directamente de Alemania por Moisés Martínez. Antonia había preparado bocadillos y medianoches de jamón cocido, de chorizo y de queso, y pasteles y bebidas. Nada de alcohol, por supuesto. Adolfo saludó un momento a los amigos de su hija y se fue. No quería parecer un padre controlador; la sala de arriba ofrecía una vista completa del jardín y la comodidad de un buen sillón.

En la sala de arriba se reunía él con sus amigos una noche a la semana a echar la partida. Parece mentira, un pueblo tan pequeño y el dinero que se movía en las timbas. Las timbas estaban prohibidas por el Régimen -decían que el padre del Caudillo era un jugador empedernido, que había llevado a la familia a la ruina, de ahí la inquina que el hijo tenía al juego-, pero él y sus amigos echaban unas manos para matar el rato después de cenar. A Adolfo le gustaba el póquer solo como excusa para hacer negocios y para enterarse de cómo iba la política en Burgos o -mejor aún- en Madrid. Ya ponía la casa y las bebidas, no iba a arriesgar también su dinero.

Desde su atalaya pudo ver perfectamente cómo el chico del pantalón vaquero metía su mano por debajo del sueter de Manena. Vio también cómo ella le miraba y sonreía. Estuvo a punto de bajar, pero se contuvo. No dijo nada a su hija. Supo por Antonia que el mozo era hijo del director del Banco de Bilbao y que se llamaba Andrés. Un chico serio y un portento en los estudios, aseguró la muchacha. Supo eso y todo lo que necesitaba saber.

Al año siguiente, el director del banco fue a hablar con él. A Andrés le habían denegado la prórroga de la mili para hacer las milicias universitarias y el padre se temía que tuviera que perder dos años de carrera si tenía que incorporarse al ejército. Era raro que a un estudiante universitario le denegaran la prórroga, el padre creía que tenía que tratarse de un error burocrático. A ver qué puedo hacer, seguro que será un error, le respondió Adolfo, con la disponibilidad de siempre.

Nada, no se podía hacer nada, le comunicó una semana después. No me habías dicho que teníais antecedentes, añadió. El director del Banco de

Bilbao empezó a tartamudear, aunque trató de dar a sus palabras un tono de complicidad. No, verás, no, no, antecedentes penales, no, no vayas a creer que somos delincuentes, son pecados de juventud, a los veinte años uno no sabe dónde se mete ni lo que le conviene. Mi padre era socialista y me llevó a la Casa del Pueblo, pero, vamos, que yo ni fú ni fá, ya sabes cómo eran las cosas entonces.

Me hago una idea, respondió fríamente Adolfo, porque en ese tiempo yo estaba partiéndome el pecho por España y, si me apuras, igual hasta estaba preso. Ya sabes que estuve en la Cárcel Modelo y solo de milagro me libré de la escabechina que se armó allí. Sí, el director lo sabía, lo sabían todos, porque el relato de cómo había salido de la cárcel era un tema recurrente en las conversaciones de Adolfo. Pues siento decirte, que por más que he tratado de recomendar a tu chico, me han dicho que con tus antecedentes, imposible hacer nada. No he querido insistir más arriba porque, si te digo la verdad, con esas referencias no sé ni cómo te han hecho director. Tu ficha lo dice claramente: Desafecto al régimen. Oye, que yo lo siento, de verdad, que ya sabes la confianza que tengo contigo, pero estas cosas son así. Me he dicho, déjalo, Adolfo, y no revuelvas más, no sea que por librarle al chico de unos meses de mili, que no le van a hacer daño, vayamos a joder al padre a lo tonto.

El director del Banco de Bilbao salió del despacho de Adolfo agradecido a quien consideraba su amigo por haberlo librado de una defenestración segura. Nunca llegó a saber que no existió tal ficha. A Adolfo le había bastado preguntar a las personas adecuadas para armar su historia, revelándose como precursor en la utilización de la información reservada.

Al chico le tocó hacer la mili en Melilla. Ahí sí que intervino Velasco. En Burgos se hizo el encontradizo con el coronel que llevaba la Caja de Reclutas, a quien conocía desde la guerra. Hablaron de sus familias respectivas, de la vida en la ciudad y en el pueblo, de las perspectivas de ascenso y hasta del tiempo de Burgos antes de que Adolfo entrara en materia. Oye, acabo de caer en la cuenta de que igual puedes hacer un favor a un amigo, le dijo, como si acabara de tener la ocurrencia, que le ha salido un hijo algo rebelde y quiere que se haga un hombre como Dios manda. El otro día me dijo, este lo que necesita es una temporada de mili en África para saber lo que es bueno. Pero, vamos, si no es problema para ti, si hay algún reparo, que lo meta él en vereda, que para eso es su padre, insistió después de haberle proporcionado la filiación completa de Andrés.

Por supuesto, no hubo ningún problema. El hijo del director del Banco de Bilbao hizo sus dos años de mili en África. Antes de incorporarse a filas acudió a despedirse de Manena. Cuando se licenció volvió de nuevo, también a despedirse. Ya me han contado sus gestiones, procuraré no defraudarle, le dijo a Adolfo, mirándole a los ojos con una franqueza en la que el padre quiso ver un asomo de ironía. Efectivamente, se había hecho un hombre. Un hombre guapo. A Manena siempre le había parecido que Andrés era el más atractivo de sus amigos y se sentía halagada por la atención que él la prestaba. Me voy a estudiar a París, le contó a ella, y repitió cuando se despidió de Adolfo. De nuevo le pareció que el chico le miraba con la misma ironía.

¿Te gusta ese chico?, preguntó a su hija, fingiendo naturalidad. Ay, papá, qué cosas dices. Está bien, es guapo y más interesante que la mayoría de los chicos de mi pandilla pero nada más. Aparte que quién sabe si volverá por aquí. París es mucho París, me parece a mí. No le dijo, por supuesto, que Andrés había sido el primer chico a quien había besado porque habría tenido que añadir que después de él había habido otros. No muchos, los suficientes para saber que los besos de Andrés sabían diferente. Y que la gustaban. Mucho.

Había que atreverse a acercarse a la hija de Adolfo y Enrique se atrevió. Lo hizo porque aún tenía calentito el título: ingeniero de Caminos, Canales y Puertos. Los Velasco pondrían los millones, él ponía el título y una buena planta infrecuente en un tiempo y un lugar donde los hombres raramente superaban el metro setenta. Enrique conocía bien sus encantos y el atractivo que ejercía su título entre las jóvenes de su generación. Y entre las madres y los padres de las jóvenes de su generación. Enrique era un galán, un Alfredo Mayo, por lo menos.

Enrique Echevarría era un mozo guapo, listo, simpático y con don de gentes. Supo conquistar a Manena con sus bromas y su labia. A Adolfo le cayó bien desde el primer momento. Tengo el propósito de casarme con su hija y mantenerla con mis propios medios, dijo sin rodeos. Bien sabía que la primera preocupación del padre era que quisieran beneficiarse de su fortuna, vivir a costa suya. No había criado él a su hija para que se la llevara un vividor.

Adolfo había cuidado de su hija, se había volcado en ella, obligado a ejercer de padre y madre desde el momento de su nacimiento, con la única ayuda de Antonia, la mujer que llevaba la casa. Solo el compromiso de sacar adelante a aquella criatura tan frágil pudo hacerle olvidar la prematura muerte de su mujer al dar a luz, diez meses después de la boda. La familia y los amigos le insistieron durante años en que se casara de nuevo pero nunca encontró ni tiempo ni candidata para hacerlo. Le valía con tener lo que podía pagar. Cuando la niña daba sus primeros pasos retomó la costumbre del viaje mensual a Madrid. Acudía a un burdel elegante y discreto y volvía a casa al día siguiente. Me resulta más cómodo y barato que casarme y mantener a una mujer, explicaba a sus amigos.

Estos viajes mensuales -o semanales, o trimestrales- eran una práctica extendida entre las clases privilegiadas provincianas. Sea cual fuere el negocio de los paterfamilias raro era el que no se veía obligado a viajar a Madrid -a veces a Valladolid y nunca a Burgos- para resolver algún asunto pendiente. La mayoría de las esposas conocían la causa real del viaje aunque todas ellas fingieran creer la razón oficial. Ninguna pedía explicaciones -ni del viaje, ni de nada que afectara a la libérrima decisión de sus maridos- pero si alguna osó hacerlo en un momento de ofuscación la respuesta que recibió fue muy parecida: No querrás que te pida a ti, que eres una mujer decente, lo que me hace una puta. Naturalmente, no quería.

Adolfo se encargó personalmente de preparar la boda de su hija con un esmero no menor del que lo haría un rey. Llevó a Manena al taller de Pertegaz, que le hizo un vestido de princesa. Hizo traer a Rosita Zabala, la peluquera de la hija de los Franco. Encargó en Suárez una diadema de oro blanco y brillantes que para sí hubiera elegido la esposa del caudillo. Decidió el color de las invitaciones, el menú, la colocación de los invitados. Hizo servir champán francés. Quería que la boda de su hija fuera el acontecimiento del siglo en Aranda.

Habían sido novios durante un año y se habían divertido. Habían ido al cine, al teatro, a dos conciertos en Madrid, acompañados de Antonia, naturalmente, que rezongaba sin recato: Tener que hacer de carabina a mi edad, habrase visto. Enrique había intentado propasarse en dos ocasiones -justo es reconocer que en una de ellas estaba algo bebido- pero ella le había parado con energía. ¿Por quién me tomas?, había dicho, ocultando su complacencia en un enfado que no sentía.

Tenía 22 años -aún era menor de edad- cuando se convirtió en la señora de Echevarría. Había ido al matrimonio como iban la mayoría de las mujeres entonces: virgen e ignorante de todo lo que debía haber sabido. Antonia suplió los consejos maternos con una lección que se resumía en tú déjate que tu marido ya sabe lo que hay que hacer. Se dejó. La noche de bodas observó cómo Enrique se puso sobre ella y, mientras buscaba una postura que le permitiera respirar bajo su peso, notó que él hurgaba en su cuerpo, luego, sintió un ligero escozor, un estertor de Enrique y, poco más tarde, alivio cuando su marido se hizo a un lado. ¿Eso era todo?, se preguntó. ¿Estás bien?, oyó decir a Enrique. Sí, respondió ella. Enseguida oyó el ronquido suave de quien se ha dormido.

Manena se levantó, llenó la bañera de agua caliente, vertió sus sales favoritas y se sumergió durante un largo rato. No sabía por qué notaba los ojos cargados de lágrimas. Se sentía un poco boba, comprendía que había perdido el tiempo leyendo a Rafael Pérez y Pérez; ahora veía que la vida no era como en las novelas. El amor es una cosa literaria, en la vida real nadie te dice no puedo vivir sin ti, necesito respirar el aire que tú respiras. Había creido que sí solo porque era una chica cursi y tonta. Reprimió las lágrimas. ¿Por qué vas a llorar?, se dijo, este es uno de los días más felices de la vida de una mujer y pocas podrán disfrutar de una boda como la tuya. Habían asistido los gobernadores, el civil y el militar, el capitán general de la VI Región, tres procuradores a Cortes, todos los amigos de su padre y de los padres de Enrique y la mayoría de sus propios amigos. Enrique era el novio más guapo que se había visto en Aranda, más que todos los actores de Hollywwod juntos. Había abierto el baile con su padre y había bebido champán francés. ¿Qué más podía pedir?

No pidió nada. La vida se encargó de irle dando cuanto podía querer sin necesidad de pedirlo. Al tercer mes de casada se quedó embarazada. Cuando la modista le entregó los primeros vestidos premamá terminaron las obras del tramo de ferrocarril que había dirigido Enrique. Él aprovechó la comida familiar para dar la noticia. Creo que te vamos a dejar la casa libre, le dijo a Adolfo. Manena y yo nos trasladamos a Cáceres. Ella dio un respingo no menor que el de su padre. ¿Cómo que a Cáceres?, preguntó Adolfo. Enrique habló de la propuesta que le había hecho el Ministerio de Obras Públicas. Ya te dije que yo mantendría a mi mujer con mis propios medios, concluyó.

Al menos me podías haber preguntado qué me parecía Cáceres, le reprochó ella. ¿Por qué?, respondió Enrique, tú vas donde yo vaya, que para eso eres mi mujer. Adolfo no perdió el tiempo en preámbulos. Como bien sabes, y si no lo sabes ya te lo digo yo, el negocio del transporte vive un momento interesante y en esta empresa está entrando el dinero a espuertas, a ti puedo decírtelo que para eso eres de la familia. Yo aún no soy viejo pero con el tiempo lo seré y alguien tendrá que hacerse cargo de todo lo que yo he levantado. Te advierto que Manena conoce el tinglado casi tan bien como yo, pero no se lo voy a encomendar a ella teniendo, como tiene, un marido. Si has de irte a trabajar fuera, tampoco quiero hacerla escoger entre su padre y su marido, que a lo mejor te llevabas una sorpresa, deslizó, no fuera a creer su yerno lo que no era. Así que mi propuesta es esta: tú te olvidas de Cáceres y de las obras y yo te nombro director de la compañía, me quedo como presidente para ir enseñándote y porque para eso la empresa es mía, y cuando nazca lo que viene en camino, además de nacer en la casa de su familia, ya tiene la vida medio resuelta. ¿Qué te parece?

Enrique había soñado con este momento desde el día que se acercó a Manena por primera vez. Había invertido tiempo y paciencia con su mujer, había soportado sus ñoñerías de soltera y su sosería de casada a la espera de este instante. Adolfo sería zorro viejo pero él era un zorro joven y conocía el terreno. Y el negocio de su suegro lo conocía tan bien como él, sabía las mañas que utilizaba para hacerse con los portes más sustanciosos, conocía sus contactos, a quiénes sobornaba, a quiénes halagaba y a quiénes amenazaba. Adolfo habría enseñado a su hija el funcionamiento de la empresa pero él sabía cómo se engrasaba el mecanismo sin que nadie se lo hubiera enseñado.

Además de soñar con el momento también había ensayado sus respuestas para la ocasión. A ver si el viejo se va a creer que iba a manejarle a su antojo como hacía con todos, él era el marido de su hija y el padre de su futuro nieto, él era ingeniero y, puestos, podía ser igual de sinvergüenza que su suegro. Verás, Adolfo, no creas que desprecio tu oferta, empezó, muy al contrario, te lo agradezco porque sé lo que significa para ti esta empresa, pero, por eso mismo, quiero que entiendas lo que mi trabajo significa para mí. Yo en mi trabajo soy alguien, ¿me explico?, yo soy el ingeniero, el jefe que dice esto se hace así y todo el mundo sabe que hay que hacerlo así por la cuenta que le tiene. Me gusta mi trabajo, he invertido en él años de estudios, me cuesta dejarlo así como así... Así como así, tampoco es, cortó Adolfo, poco amigo de andarse con rodeos. Te ofrezco una empresa puntera en pleno éxito, acabo de comprar dos camiones nuevos y tengo trabajo garantizado para un año. Déjame que me haga a la idea, pidió Enrique. Te dejo lo que quieras pero te digo una cosa: por muy ingeniero que seas y muy marido que te creas, mi hija y mi nieto cuando nazca no salen de esta casa mientras yo viva. Tú verás, zanjó Adolfo.

Tu padre me ha propuesto dirigir la empresa, le contó a Manena. ¿Y él?, se interesó ella. Será el presidente. Eso ya la encajaba más. Realmente, Manena no había pensado en vivir fuera de Aranda, ni siquiera fuera de su casa. Se lo dejó claro a Enrique antes de la boda, cuando él habló de alquilar una casa para ellos solos. Esta es mi casa y es lo bastante grande para todos. Le gustaba saber que su padre estaba allí para resolver cualquier problema que pudiera surgir. Claro que Enrique era su marido, pero tampoco a él le iba mal a la sombra de Adolfo, prueba de ello es que le permitía dirigir la empresa.

Enrique dejó el ministerio y pasó a ser director de la empresa de su suegro con un salario que doblaba lo que venía cobrando. Adolfo siguió moviendo los hilos como hasta entonces aunque ahora quien firmara los documentos fuera su yerno. Después de un parto complicado, Manena dio a luz una niña, a la que llamaron Lucía. Una y no más, le dijo a Enrique cuando le permitieron entrar a la habitación. El marido supo que hablaba en serio.

La niña había cumplido ya un año cuando Adolfo invitó a su yerno a unirse a la partida con los hombres. No era fácil que los amigos de tantos años hicieran hueco a un nuevo jugador y menos si este era joven y no era hijo de ninguno de ellos. Enrique tuvo la intuición de que su suegro empezaba a sentirse viejo y sintió una mezcla de conmiseración y desprecio. Lo recibieron con bromas y retos. Ve con cuidado que estos te despluman antes de que te des cuenta, le advirtió Adolfo. Esa noche él no quiso jugar. Con uno de la familia que arriesgue es suficiente, se excusó. Observó atentamente la partida y lo que vio en los ojos de Enrique no le gustó.

Enrique sabía que su suegro lo estaba vigilando así que fingió que la partida le interesaba poco; aunque fuera nuevo en esta no era novato en las mesas de juego. Había pasado muchas de sus noches de estudiante en Madrid jugándose los cuartos que su padre le mandaba cada mes. Le había cogido gusto al riesgo, a la descarga de adrenalina que le recorría el cuerpo cada vez que levantaba los naipes. Estaba convencido de que no había emoción que pudiera superar al instante en que descubría una escalera de color. Una vez, una única vez, había logrado una escalera imperial. ¡La flor imperial! Tú donde tienes una flor es en el culo, le había dicho un compañero de mesa. La vida le demostraba que su flor seguía lozana. Se había casado con la primera fortuna de Aranda, en menos de un trienio era el amo de la empresa de su suegro y en ese momento se estaba jugando los cuartos con la flor y nata de la sociedad arandina, el comité de sabios en pleno. Si esta noche se atascara la puerta de esta sala mañana no se movería la vida de Aranda. Ni ayuntamiento, ni juzgado, ni medicina, ahí estaban todos.

La partida en el chalet del Montecillo se convirtió en una cita semanal. Al principio apostó poco y sobre seguro. Pero, como suele ocurrir, la costumbre le hizo bajar la guardia. Un día se jugó 100.000 pesetas -el dinero que había en caja- solo con un trío. Las ganó, pero, al cruzarse con la mirada de Adolfo, entendió que debería ir con cuidado. Cuando se acababa el dinero, en aquellas timbas se jugaba cualquier cosa. A Marcelino, el veterinario, se le acabó la afición la noche que puso sobre el tapete el reloj de oro, regalo de su difunta mujer. Esa partida la había ganado Adolfo. Unas semanas después, le invitó a comer y al despedirse, le entregó el reloj. Espero que tu mujer y la mía nos perdonen a los dos desde el cielo, le dijo. A Marcelino le sustituyó en la timba su hijo Ramón.

Una noche Enrique se jugó el coche y lo perdió. Adolfo se vio en la necesidad de advertirle. Ten cuidado con las cartas. Si no puedes dominar el vicio, mejor que lo dejes. ¿Qué dices de vicio?, se defendió Enrique, una racha tonta y que no he querido bajarme en marcha siendo el anfitrión. Su suegro le cortó en seco: En esta casa el anfitrión soy yo esté o no esté presente, que no se te olvide nunca.

Si lo olvidó o no, siguió jugando. Y apostando. Ganando las más de las veces. Y algunas, perdiendo. Adolfo estableció algunas cautelas con el dinero para evitar que el yerno, por muy director que fuera de la empresa, descapitalizara el negocio. Enrique no protestó. Por entonces había ganado dos millones de pesetas en una sola noche, no le iba a dar el gusto a su suegro de darse por aludido. Luego, ganó otro millón. Pero otra noche perdió tres millones. Y luego 150.000 pesetas. Entonces sintió que se le hacía un vacío en la cabeza. Porque acababan de darle un póquer de mano. Voy, dijo. ¿Con qué?, preguntó el repartidor. Con mi mujer, dijo Enrique. Todos callaron. Aquella partida la ganó Ramón.

Manena se sobresaltó al descubrirle sentado junto a la cama, mirándola fijamente, sin expresión en los ojos. El reloj marcaba las cinco y cuarto de la madrugada. No te he oído entrar, dijo, somnolienta. Él no se movió. Siguió mirándola. ¿Pasa algo?, preguntó ella. He perdido, murmuró el marido. ¿Qué es lo que has perdido? A ti, respondió él. Ay, Enrique, no me vengas con tonterías a estas horas de la noche, dijo Manena, sin entender de qué estaban hablando. Despierta, que te lo explico, propuso Enrique.

Cuando Manena comprendió lo que había pasado sintió una mezcla de repugnancia y de serenidad. Miró al hombre desaliñado y sudoroso que tenía enfrente y percibió en todo su cuerpo el asco que le provocaba su presencia. Sintió la náusa de su olor. Supo que, dijeran lo que dijeran los papeles, ese hombre que hablaba de errores y de perdón, era un extraño y lo sería para siempre jamás aunque ahora mismo separara las aguas del río para que ella pudiera cruzar al Allendeduero. Y comprobó que esa certeza no solo no le angustiaba sino que le proporcionada una serenidad desconocida. El amor sería un asunto literario pero ella era una mujer de carne y hueso que tenía toda la vida por delante, no iba a permitir que se la amargara ese imbécil.

O sea, que has traspasado la propiedad y ya no soy tu mujer, dijo, por fín. Enrique no respondió. Manena abrió el armario, sacó de él dos trajes de caballero y le señaló el resto: Recoge tus cosas y hoy mismo quiero verte fuera de esta casa. Ella se metió en el baño, se arregló con toda tranquilidad, se vistió y se preparó para hacer lo que tenía que llevar a cabo ese día. En el desayuno supo que su padre también lo sabía. No dijo nada pero en sus ojos vio que lo sabía. Sonrió, aliviada, porque no hubiera sabido cómo explicárselo. La niña era aún muy pequeña, ya le contaría que papá iba a tener que hacer un viaje largo, del que, seguramente, traería muchos regalos.

A media mañana se presentó en la consulta de Ramón, que la miró desconcertado. Enrique me ha contado que te ha traspasado la propiedad, así que tú dirás, soltó de sopetón. Propiedad no, qué cosas dices, por Dios, no es eso, respondió. ¿No?, entonces, ¿qué es?, insistió Manena. Son cosas del juego, ya sabes... No, no lo sé, yo no juego, solo soy la prenda. ¿Qué quieres, entonces?, preguntó Ramón, nervioso. Quiero saber, en primer lugar, cuáles son tus derechos y cuáles mis obligaciones, respondió ella. Mira, no sé qué pretendes poniéndote así conmigo, que no te he hecho nada, se defendió él. Quiero saldar la deuda de Enrique, si es posible, respondió Manena. Esa deuda está saldada, respondió Ramón. No, quiero saber cuánto valgo para pagarte el precio. Déjalo ya, Manena, por favor, pidió él.

Ramón decía la verdad, la deuda estaba saldada. Adolfo había conocido el envite de madrugada, por la llamada de Marcelino. Perdona que te levante a estas horas, pero acaba de venir mi hijo a casa y quiero que lo sepas por mí antes de que te enteres por otro lado. Adolfo preguntó a cuánto ascendía la apuesta. A 225.000 pesetas. Sólo en caprichos vale más mi hija, acertó a decir. Adolfo extendió un cheque por ese valor y lo envió a la consulta de Ramón antes de que hubieran abierto los bancos. El cheque nunca se presentó al cobro pero Adolfo tuvo buen cuidado de que en aquella cuenta hubiera siempre saldo por encima de su valor.

Manena se sorprendió de la facilidad con que había discurrido todo. Más que enfrentarse a Ramón le costaba enfrentarse a su padre. Adolfo estaba ocupado en digerir la humillación que había recibido del hombre a quien había tratado como un hijo. Pensaba cómo afrontar lo que había pasado ante sus amigos y sus clientes. Lo que había pasado, esa sería para Adolfo la manera de señalar la traición. Cavilaba cómo proteger a su hija de la humillación, dudaba si enviarla unos meses de vacaciones, dejarla en la casa de Madrid con la niña o comprarla un coche nuevo y ropa nueva y nuevas joyas. Que nadie pensara que el ingeniero de Caminos iba a poder con él. Lo he echado de casa y no quiero verlo más, le contó Manena al volver de entrevistarse con Ramón. Está bien, aceptó el padre. Y quiero llevar el negocio contigo, sé hacerlo por lo menos igual de bien que él, así que quiero cobrar como él, añadió. Adolfo aceptó todo.

Cuando hubo resuelto la cuestión con su padre Manena pensó en cómo enfrentarse al exterior, a sus amigas, que la creían tan afortunada y feliz, a sus amigos, a los conocidos, a los desconocidos. Cómo enfrentarse a las miradas, a las sonrisas, al chismorreo, al silencio. ¿Cuántas mujeres había en Aranda en su situación? ¿Y en Burgos? ¿Y en España? A lo mejor estoy pensando que soy un caso raro y resulta que hay un montón de maridos jugándose a la mujer cada noche. Si nos conociéramos podríamos crear la Hermandad de Mujeres Jugadas y Perdidas, divagaba. Esa tarde se arregló un poco más que otros días, lo justo para tapar las ojeras de la noche, y al caer la tarde se sentó en el Moderno. El Moderno era entonces el punto de cita obligado; si querias ver o que te vieran, ese era el lugar. Pidió un té con limón. Le pareció que la miraban más que otros días, o puede que fuera su imaginación. Por si acaso, sostuvo las miradas y sonrió. Sonrió sin esfuerzo. Se sentía humillada pero no desgraciada, no más que ayer o anteayer.

Aún estaba caliente el té cuando llegaron las Siamesas. Las llamaban así porque siempre iban juntas. ¿Qué haces aquí tan sola?, preguntó Mari Loli. Lo mismo que vosotras, matando el rato, respondió Manena. Enseguida llegó también Pilar, la hermana de Andrés, que siempre había sido una buena amiga. Le dio un par de besos y la pareció que alargaba el abrazo. Qué cara eres de ver, guapa, con la de cosas que tengo que contarte. ¿Sabes que he aprobado la última asignatura de la carrera? Estás hablando con una señora abogada, no sé si dejarte que me tutees. Me ha costado, hija, se me había atravesado el Derecho Romano, con lo que me gusta a mí Roma, y el catedrático empeñado en no aprobarme pero he conseguido licenciarme antes de cumplir los 30 años y convertirme en una solterona sin futuro. Manena se percató de que Pilar copaba la conversación para evitar que las Siamesas metieran baza y le agradeció el gesto. Pero ella quería zanjar su cuestión lo antes posible.

- Chicas, tengo que contaros una cosa importante. ¿Habéis leído a Dostoievski? Solo Pilar dijo que sí.

- Pues aquí donde me veis, me he convertido en un personaje del escritor ruso, concretamente de la novela El jugador, solo que en vez de ser yo la que juega, es Enrique quien lo hace y yo soy la prenda.

Por la expresión de ellas supo que todas estaban al tanto de su cuestión.

- ¡No me digas!, exclamó, por fín, Mari Loli.

- Os lo digo porque es así.

- ¿Y qué vas a hacer?

- Lo que tenía que hacer ya lo he hecho: he saldado la deuda y he puesto a Enrique en la calle. Cruz y raya.

- ¿Cómo has saldado la deuda? ¿Te has acostado con el otro?, preguntó María Jesús.

- ¡A vosotras os lo voy a contar!, respondió Manena sin perder la sonrisa.

Así fue como nació la leyenda que aún circula por Aranda. Las Siamesas, aficionadas a los seriales radiofónicos, contaron a quien quiso oirlas que sabían de buena fuente que Manena se había presentado a Ramón y le había dicho, aquí me tienes, ahora soy tu mujer, haz conmigo lo que quieras. Añadieron que se habían acostado en un hotel -el Julia, decían unos, el Ulloa, otros- y que antes de abandonar la habitación ella había declarado: ahora ya puedes decir que he saldado mi deuda. Esa es la versión que, por una suerte de justicia poética, le llegó a Enrique.

- ¿Cómo estás de verdad?, se interesó Pilar cuando las Siamesas se fueron.

- Mejor de lo que creía, un poco sorprendida y otro poco asustada, espero no venirme abajo, dijo Manena.

- ¿Qué planes tienes? ¿Necesitas algo? ¿Puedo serte útil?, insistió la amiga.

- Voy a volver al despacho con mi padre, quiero dirigir el negocio, quizá tenga que consultarte algo, ahora que eres abogada, es lo que se me ocurre por ahora, contestó.

- Si no te enfadas conmigo, te diría que casi me alegro de que hayas mandado a tomar por saco a ese idiota, pero no creas que te va a resultar fácil librarte de él. Aunque parezca un cinismo, no andaba muy descaminado al creer que eras una propiedad suya. Lo eres realmente. Todas las mujeres casadas pasan a ser propiedad del marido y no es fácil dejar de serlo, le advirtió Pilar. Y da gracias que acaban de cambiar alguno de los artículos del Código Civil y ya no estás equiparada a los menores de edad, a los dementes, a los locos o a los sordomudos que no saben escribir, ni tu marido podrá dar en adopción a tu niña sin tu permiso, que hasta ayer mismo hubiera podido hacerlo. Y ojo con la empresa, el Código de Comercio también prescribe que necesitas autorización marital para ejercer actividades comerciales. Lo que te digo siempre, hay que estar muy loca o muy necesitada para casarte en estas condiciones y animada con las epístolas de San Pablo.

Manena no creía haber estado loca ni necesitada cuando se casó, lo hizo porque era lo que tocaba, como la mayoría de las mujeres de su generación y de todas las generaciones que le habían precedido. ¿Qué otra cosa iba hacer? ¿Quedarse para vestir santos? Se percató de la razón que tenía Pilar cuando quiso abrir una nueva cuenta corriente en el Banco de Bilbao. El director la invitó a pasar a su despacho y le explicó que no era posible.

- Traigo el dinero, aclaró.

- No se trata de eso, es que necesitas la autorización de tu marido o una decisión judicial que certifique la separación conyugal y te restituya la capacidad de obrar por tu cuenta.

- ¿Cómo que la capacidad de obrar por mi cuenta? Si el dinero es mío, argumentó ella.

Lo consultó con Pilar antes de hablar con su padre.

- Quiero divorciarme de Enrique, dijo.

- Ay, qué risa, tía Felisa, tú has visto muchas películas de Hollywood. A lo mejor ya no te acuerdas pero cuando el cura dijo aquello de hasta que la muerte os separe no hablaba en broma. Salvo que puedas demostrar al Papa de Roma que vuestro matrimonio no se consumó y que la niña la encontrarse una mañana en la terraza de tu casa y decidiste quedarte con ella por lo mona que es, estás atada al tontol'haba de Enrique para los restos. Lo más que puedes conseguir es que el juez te conceda la separación legal, que no creas que todos están dispuestos a concederla, le explicó su amiga.

- ¿Tú aceptarías ser mi abogada en la demanda de separación?, le propuso.

- Yo aceptaría encantada, pero quizá convendría que lo consultaras antes con tu padre, él puede ponerte un abogado de postín, yo solo soy una abogada novata, respondió Pilar.

- Yo también soy una separada novata, razonó Manena.

Efectivamente, el padre ya había pensado en contratar a José María Stampa Braun, un abogado al que conocía de su época de estudiante en Valladolid. Es verdad que era un penalista pero a ver qué juez de primera instancia, que a saber en qué condiciones había obtenido la plaza, se iba a oponer a un letrado que había estudiado en la Sorbona y se había doctorado en la Universidad de Bolonia. Manena insistió en que ella confiaba en Pilar y quería que fuera ella quien llevara su separación. Al final, llegaron a un acuerdo: formarían un equipo en el que Pilar prepararía la documentación y la argumentación legal y Stampa le asistiría en la vista.

Como Adolfo no era hombre que dejara nada al albur, previamente habló con Enrique.

- No voy a decirte que eres un gilipollas porque de eso ya te habrás dado cuenta tú solito, lo que sí te digo es que por pocas luces que te queden sabrás lo que te conviene. Manena quiere la separación legal y no quiero que haya problemas. Mis abogados van a presentarte un convenio donde dirá que eres un irresponsable, que has desatendido tus obligaciones matrimoniales, que has malversado el patrimonio familiar y has faltado al respeto a tu mujer. Todo lo cual es una verdad que va a misa, como bien sabes. Tienes dos opciones: aceptar el convenio tal cual ante el juez, hacer mutis por el foro, ver a tu hija de vez en cuando y aquí paz y después gloria, o negarte. Si aceptas, me comprometo a echarte una mano para que no te mueras de hambre y tú sabes que cumplo mis promesas. Si te opones, te garantizo desde ya que no vas a encontrar en todo el territorio nacional quien te dé trabajo y que me dedicaré a contar tus virtudes con tal energía que ni tu madre va a dirigirte la palabra.

Enrique aceptó. Pilar elaboró unas alegaciones fundamentadas e irrefutables, que le valieron la felicitación de Stampa Braun, quien también estuvo brillante. Bien es verdad que podía haber recitado la letanía del santo rosario y hubiera obtenido el mismo resultado. El juez que llevó la separación era uno de los habituales del chalet del Montecillo y tuvo buen cuidado en no objetar ningún punto del convenio presentado por la parte demandante.

- Todo ha estado muy bien, pero no pierdas de vista que si en vez de ser hija de Adolfo Velasco hubieras sido la hija de un mindundi al que su marido le muele a palos el juez no hubiera sido tan amable, te habría aconsejado perdonarle y volver a casa con el prenda, comentó Pilar cuando le entregó la sentencia judicial de la separación.

Puesto que seguía siendo hija de Adolfo Velasco, ni siquiera el cura puso pegas a la separación. Suya fue la sugerencia de acudir al Tribunal de la Rota para obtener la anulación del matrimonio. Manena se negó.

- No quiero acabar siendo madre soltera, después de haber aguantado a un marido cinco años, dijo.

El juicio tuvo algunos efectos secundarios: Adolfo descubrió Marbella y, a través del abogado ilustre, compró allí una casa a la orilla del mar; con Marbella descubrió los atractivos del golf y en el hoyo nº 9 conoció a un empresario con quien abrió una nueva línea de transporte a Marruecos, todo lo cual le obligó a alargar sus estancias en el sur. Manena descubrió que Pilar era una buena abogada además de una amiga leal. De la misma manera que Adolfo y Stampa reanudaron una amistad juvenil que hasta entonces no había sido muy estrecha, Manena y Pilar recuperaron su relación, algo enfriada en los últimos años. Manena también descubrió con su amiga cuántas cosas se había perdido y quiso recuperar algunas de ellas. Empezó por matricularse en Económicas en la Universidad a Distancia, que acababa de ser aprobada legalmente. Tardó siete años en licenciarse pero lo consiguió con excelentes notas.

Las primeras navidades de separada recibió una felicitación de Andrés. "*A tus pies, mujer valiente, que el nuevo año te traiga todo lo bueno que mereces*". Desde entonces se cruzaban felicitaciones cada final de año. Que seas feliz. Que se cumplan tus deseos. Que tengas un buen año. Lo que se dice en estos casos, nada muy personal. La vida discurría sin grandes sobresaltos, la empresa había mejorado sus beneficios en los últimos tres años, además de la vía magrebí había abierto otra ruta escandinava, lo que Manena había aprovechado para modernizar la flota de camiones y las instalaciones, cambiando, incluso, el logo de la firma. Lucía había pasado de ser una niña dulce y obediente a una adolescente curiosa y aplicada, a la que Antonia mimaba sin medida, Adolfo consentía hasta la desmesura y su madre trataba de enseñar aquello que a ella nadie le reveló, las ventajas de ser autónoma, de tomar sus propias decisiones, de estudiar, de viajar, esto es, que la vida es para quien se arriesga y la vive.

Manena sabía por Pilar que Andrés se había casado con una francesa rubia que en las fotos se daba un aire a France Gall -la de *Poupée de cire, poupée de son*-, con la que había tenido dos hijos, niño y niña, antes de divorciarse amistosamente.

- No sé dónde encuentra la gente el encanto a casarse, chica, es que no me lo explico. Vamos, ni loca me pillan a mí. Ya me dirás qué necesidad tenía mi hermano de complicarse la vida con una rubia de bote que le está sacando los higadillos con el cuento de los niños, le había contado.
- ¿Y si te enamoras de alguien locamente?, preguntó Manena.
- Si me enamoro locamente me voy a un frenopático, razonó Pilar, y si me enamoro cuerdamente de un tipo que me vea como una igual, que me quiera como igual y esté dispuesto a compartir su vida con una igual, no veo qué necesidad hay de más papeles que nuestro compromiso. Pero tú y yo sabemos que ese tipo no existe ni aquí ni en todo el orbe terrestre.
- A mí no me digas, de esas cosas no sé nada, yo solo soy una prenda, bromeaba Manena.

Aquel verano Pilar le contó que su hermano iba a pasar un mes con los niños en Aranda.
- Mis padres están como locos porque a mí ya me han dado por perdida, saben que son los únicos nietos que van a tener y casi no los vemos pero ya me dirás qué hacemos con dos adolescentes en casa todo el verano, que ya me conozco yo a mi hermano, llegará, hará su vida y nos endosará a los chicos. Y tampoco es plan llevarlos al chalet de la Calabaza y dejarlos allí, tenemos que buscarles amigos de su edad. ¿Crees que Lucía querrá sacarlos a pasear?
- Hija, lo dices como si fueran dos perrillos, protestó Manena, ya se lo digo y seguro que estará encantada, además le vendrá bien para que practique el francés.
- Que Dios te perdone porque no sabes lo que dices, rio Pilar.

Acordaron que Manena organizaría una merienda en la finca del Montecillo a la que invitaría a los amigos de Lucía y que ella traería a Aline y André, los sobrinos, pero fue Andrés quien se presentó con los niños.

- ¡Dichosos los ojos, cuánto tiempo sin verte!, saludó Manena.

- Estás más guapa aún de como te recordaba, respondió él.

- Conmigo no es necesario que mientas, ya soy una señora adulta.

- No miento.

- Anda ya, ganso.

No mentía. Manena se había convertido en una mujer con una belleza serena, mucho más atractiva aún de la joven que recordaba. Ella sintió un pinzamiento en el estómago cuando él le dio dos besos y le vino a la memoria aquel olor suyo que tanto le había gustado. Los niños se integraron inmediatamente en la pandilla de Lucía. Mucho antes de terminar el verano Aline y Lucía se habían convertido en inseparables.

Andrés no se movió de Aranda en todo el mes. Buscó a los amigos del instituto, se reunieron, hicieron barbacoas, se bañaron en las piscinas, cantaron, bailaron y evocaron sus años de adolescencia. Manena se percató de que la proximidad de Andrés, el roce de su piel, le alborotaba las hormonas y se puso a la defensiva. Le gustaba sentirle cerca, la rejuvenecía, revivía una tensión ya olvidada, pero también le gustaba su vida tal como estaba, había conseguido una independencia muy confortable que no quería perder. Porque Andrés se iría, siempre se había ido, y ella se quedaría en Aranda, como siempre se había quedado.

El último domingo de agosto la madre de Pilar organizó una fiesta de despedida para los chicos y sus amigos en la casa de la Calabaza. Manena estaba sola en el Montecillo y se disponía a darse un chapuzón en la piscina cuando sonó el timbre de la puerta.

- No quiero volver a París con la duda, ¿eres feliz?, preguntó Andrés de sopetón.

- ¿A qué viene eso ahora?, se extrañó Manena.

- ¿Tú eres feliz?, insistió.

Manena le sonrió de esa forma que ella sonreía.

- Yo no soy una chica de mundo como tus amigas parisinas, me conformo con no ser demasiado desgraciada, dijo.

Estaban todavía en el recibidor, ella con la blusa abierta sobre el biquini.

- Dame un minuto que me visto.

Él extendió el brazo para cederla el paso y cuando su mano le rozó la espalda Manena sintió una descarga en las entrañas. Se volvió, sorprendida, y encontró su mirada. Y su abrazo. Y su beso.

- Ni un solo día he dejado de pensar en ti, confesó Andrés, mucho rato después.

- Pero te fuiste, lamentó ella.

- Tu padre me despreciaba -nos despreciaba a todos los que te mirábamos- y quise demostrarle que conmigo se equivocaba.

- ¿Qué tiene que ver mi padre con que te fueras?

- ¿No te has preguntado nunca por qué no hice las milicias universitarias y en cambio me chupé una mili de dos años en Melilla?

- Ni idea, respondió, ¿por qué tendría que preguntármelo?

- Aunque solo fuera para apiadarte de mí, bromeó Andrés, y porque es un favor que le debo a tu padre. Él maniobró con sus amigos militares para que me negaran la prórroga del servicio militar y, luego, para que me destinaran lo más lejos posible de ti. A mi padre le metió una bola que aún le dura el miedo en el cuerpo. De lo primero me enteré en la mili, que ya es mala pata que al coronel de la Caja de Reclutas de Burgos le ascendieran a general de brigada y lo fueran a destinar a Melilla. Debió acordarse de la recomendación de su amigo y un día me llamó a su despacho, quería saber si ya me había hecho un hombre de provecho. En realidad lo que quería era un ayudante que supiera un poco más que leer y le resolviera el papeleo en la oficina. Acabamos intimando, porque éramos los únicos burgaleses del cuartel, y así me enteré de la historia entera. Cuando había encarrilado mi carrera y tenía la cátedra al alcance supe que te habías echado novio y se me quitaron las ganas de volver. No se puede decir que tú perdieras el tiempo, comentó ella. Puedes decirlo, porque en todos estos años no he hecho otra cosa que buscar tus ojos en todas las mujeres que he querido.

Se amaron con la furia de los jóvenes que fueron, con la serenidad de los adultos que eran y con la ternura de quién acaricia un sueño largamente deseado y teme despertarse. Ella sintió que tocaba el cielo y descubrió que había otra forma de amar. Él comprendió que había llegado a puerto y que ya solo quería perderse en los ojos de esa mujer. Manena hundió la cara en el pecho de Andrés y le confesó: es mi primera vez.
- También la mía, dijo él.
    Y los dos decían la verdad.

II

CUENTOS DE LA MIGRACIÓN

ADRIANA

Me llamo Adriana y nací en Guayaquil el año de 1980. Mi papá es funcionario del Ministerio de Sanidad y mi mamá enfermera. Tuve una niñez feliz y una adolescencia sin contrariedades. Cuando cumplí diecisiete años aún pensaba inscribirme en la facultad de Medicina, acariciaba la idea de ser la primera médico de mi familia. Mis hermanos acudían a la universidad donde planeaban doctorarse en Derecho e Ingeniería, respectivamente. Pero cuando me gradué de bachiller la historia se había puesto en contra de todos nosotros. Mi país había vuelto a entrar en crisis.

En Ecuador las crisis las pagamos siempre los que nunca las provocamos. Los desplomes de la bolsa, la devaluación de la moneda, la subida del petróleo, el déficit público, la inflación, no son cosas con las que juguemos los trabajadores, los estudiantes, la gente de los barrios. Tampoco podemos ponernos a salvo cuando se producen. No tenemos patrimonio ni cuentas fuera del país. Con frecuencia, ni siquiera las tenemos dentro. Tenemos, cuando los tenemos, salarios de miseria, lo justo para ir respirando y que no te ahogue la presión del mal trabajo, de la mala vivienda, de la mala sanidad, de la mala educación, de la mala economía, de la mala política. En mi país cuando los políticos y economistas diagnostican la crisis para el común de las gentes lo que llega es el cataclismo. A mí el cataclismo me sorprendió saliendo de la adolescencia. En ese preciso momento en el que estás convencida de que los sueños forman parte de la vida, de que todo es posible y tú eres la única dueña de tu existencia.

Pertenecía a lo que en mi país se llama clase media, no se me ocurrió que aquello que les sucedía a tantos otros de mis compatriotas – carecer de dinero, de perspectivas, de futuro – pudiera ocurrirnos a nosotros. Mi papá acudía a diario a su trabajo pero lo que ganaba cada vez duraba menos y nunca llegaba para comprar lo que hasta entonces considerábamos necesario. Mi mamá perdió su empleo. Mis hermanos dejaron la universidad y no fue preciso que nadie me dijera nada para saber que mis planes de ser la primera médico de la familia se habían vuelto inviables.

Eso que cuento así, de una tirada, cuando te toca vivirlo es un proceso que parece interminable. Un día te percatas de que el vestido te queda justo porque tú has estirado pero la tela no, a pesar de lo cual sabes que tienes que ponértelo, con cuidado de que la tela resista, no vaya a romperse y sea mucho peor aún. Otro día constatas que no puedes ir al mar, porque el boleto del tren a Las Playas y a las Salinas ha subido a tres dólares y, sobre todo, porque no me entra el traje de baño y no es posible comprar otro. Y así sucesivamente, para qué enumerar los síntomas del cataclismo. Un día descubres con claridad meridiana que todo lo que era normal en tu vida anterior se lo ha llevado la crisis, como si de un seísmo se tratara. Y da lo mismo que llores, que protestes, que te manifiestes o que te quedes paralizada, llega el cataclismo y lo pierdes todo.

Mi primer trabajo fue de dependienta en una panadería. Tenía que madrugar pero a cambio me dejaba la tarde libre para estudiar y ayudar a mi mamá. Duró poco, la dueña decidió ahorrarse mi salario, ya escaso, y me sustituyó por una sobrinita de su esposo recién llegada del campo. El segundo empleo, en un supermercado, me duró ocho meses. Estaba lejos de mi casa, lo que me obligaba a madrugar y a volver tarde. Resistí porque ya había tomado la decisión de viajar a Europa.

Aunque con 17 años siempre se es un poco aventurero –la ignorancia es la madre de la osadía– la idea de viajar a Europa no se me había ocurrido a mí en un arrebato de originalidad. Miles de compatriotas míos habían empezado a salir del país. No había dinero, los bancos habían bloqueado las cuentas, los salarios estaban congelados, sólo quedaba la emigración. Algunos intentaban entrar en los Estados Unidos de América pero los más escogían España, por razones de proximidad cultural y lingüística. Yo me decidí por Italia. Mis papás y mis hermanos no eran muy dados a viajes, no sé de dónde puedo haber sacado yo el espíritu aventurero.

Así que ahí estaba yo, entre mis fantasías bohemias y la neta realidad, dándole vueltas a la idea de escapar de la crisis y empezar una nueva existencia en Italia. Siempre había soñado conocer Roma y pensé que, puesta a vivir experiencias extraordinarias, podría sumar el provecho de aprender otro idioma.

Ahorré cuanto pude de mi sueldo, me privé no sólo de lo necesario, incluso de lo que en otro tiempo hubiera considerado imprescindible. Mi mamá me dio los últimos dólares, la providencia sabrá cómo habría podido ahorrarlos, para comprar el boleto a Roma. Un billete – sólo ida – en clase turista, para una joven cuyo único bagaje era una tonelada de ilusiones y toda la vida por delante.

Esperaba encontrar en Roma las ruinas romanas, el Coliseo, las catacumbas, sus iglesias y palacios, el Vaticano, la fuente de Trevi, a Gregory Peck y Audrey Hepburn. La urbe que conocí no se parece en nada a las imágenes de los folletos turísticos. Es otra ciudad.

En Roma me hallé una capital grande, enorme, kilómetros y kilómetros de calles con aceras estrechas llenas de gente siempre con prisa. Eso es lo primero que me sorprendió, cómo es posible que la gente tuviera que ir corriendo a cualquier hora del día. Una sorpresa inocente para lo que me esperaba en la capital italiana.

He oído que algunos emigrantes vuelven a casa sin haber conocido ninguno de los monumentos que identifican al país de acogida o la ciudad donde han pasado años trabajando. Lo creo. El emigrante indocumentado es un ser invisible. Sale de casa lo imprescindible, diariamente al trabajo, cada mes a la remesa de dinero, siempre deprisa, huidizo, temeroso de encontrarse con la policía y que le pidan la documentación. Documentación, es una palabra sagrada de resonancias terroríficas. A ver, la documentación, dice alguien de uniforme. Y usted siente que el estómago, el corazón, los pulmones y quizá el páncreas se le paraliza. Que no sea a mí, ruegas mentalmente a la providencia, aunque no haya nadie más en la calle que el individuo de uniforme y tú. Que no sea a mí, repites, mientras miras al otro por si en verdad se produce el milagro y entre tanto te has vuelto invisible. Hasta donde yo sé, el milagro no se ha producido nunca. Lo más parecido a un prodigio le sucedió a mi amiga Luz María: un jueves por la tarde salía de la tienda Zara en la Gran Vía de Madrid y se topó con una doble pareja de policías. Digo doble porque eran dos y porque eran un él y una ella. Perdone, señora, ¿podría enseñarme su documentación?, le requirió él. Luz María se paralizó, primero, y luego se echó a llorar. Llevaba tres meses en Madrid, trabajaba de interna con una señora mayor, y era su segunda salida, en ambas ocasiones para enviar sus escasos ahorros. Me lo está tramitando el abogado, respondió por fin entre hipos. Llevará usted encima el justificante, sugirió la mujer. Luz, que no llevaba justificante alguno porque tampoco existía un abogado que le estuviera tramitando nada, creyó que se le aparecía un ángel cuando un hombre con los ojos a punto de saltarle de las órbitas llegó corriendo hasta la doble pareja y señaló a otro que corría con un paquete bajo el brazo. Me ha robado la recaudación, gritaba el ángel de Luz María. Los dos policías salieron corriendo tras el ladrón y ella apresuró el paso hacia el suburbano.

Cuando llegué a Roma no conocía a nadie, absolutamente a nadie. Hágase a la idea de lo que significa llegar a un país donde no hay ni un solo ser humano que sepa que usted existe, que conozca su nombre, a su familia, alguien con quien establecer una mínima complicidad. Don

Carlos, el sacerdote que había casado a mis papás, me había dado una dirección de una parroquia romana donde podrían darme trabajo. Cuando don Carlos puso en mis manos el billetito me pareció un regalo maravilloso. Pero la realidad tiene que ver poco con lo que uno ha imaginado. Por empezar de algún modo, allí nadie conocía a ningún don Carlos de Guayaquil, yo era una más entre muchos otros dueños del mismo tesoro: un billetito, y la persona encargada de oir nuestras solicitudes no estaba para sentimentalismos.

- ¿Qué sabes hacer?, me dijo en un aceptable español.
- Cualquier cosa, contesté.
- Hay un hotel que necesita cocinera, ¿te vale?

El hotel estaba en los suburbios de Roma y el trabajo tenía dos ventajas decisivas para mí: incluía alojamiento y no requería más papeles que el pasaporte. A cambio ofrecía un salario escaso. Abusivamente escaso me atrevería a decir, si no pareciera demasiado desagradecida. En cuanto al empleo, era lo más parecido a la explotación. Entraba en la cocina a las seis de la mañana, para preparar el autoservicio del desayuno, y no salía hasta las tres de la tarde una vez limpios los utensilios y el menaje de la comida. Disponíamos entonces de tres horas libres hasta que volvíamos a disponer el buffet de la cena. Nunca terminamos antes de las 10 de la noche. Los primeros días, cuando llegaba a mi habitación, que compartía con una chica polaca, apenas podía sostenerme en pie. Luego fui habituándome, el cansancio físico dejó de pesarme y empecé a notar la fatiga del corazón. Entonces apareció él.

Roberto era compatriota y trabajaba en el mismo hotel, en el servicio de limpieza. Cuando supo que yo era ecuatoriana me ofreció su ayuda para lo que fuera preciso. Teníamos horarios algo diferentes aunque igual de abusivos. Así y todo, encontrábamos tiempo para vernos y charlar. Al principio platicábamos principalmente de Ecuador; nos unían los recuerdos y la añoranza de la familia. Compartimos las pocas alegrías y las muchas tristezas y como sin darnos cuenta, de la amistad pasamos al amor. De ser la ciudad desconocida de ritmo acelerado e idioma traicionero Roma se convirtió para nosotros en la ciudad del amor. El sueño me duró poco tiempo, tres meses para ser precisa.

Cuando empecé a sentirme cansada lo atribuí a las largas jornadas y me pareció normal. Ni sé como aguantamos, me dije. Enseguida me sentí demasiado débil para mantener el ritmo que nos imponían, y me acometió una inquietud imprecisa, una angustia que no era capaz de descifrar. El primer mes que me faltó la regla lo atribuí al mismo cansancio. Será la debilidad. Ya me había ocurrido dos años antes, después de una infección de garganta. Estuve dos meses sin menstruación y a nadie le extrañó, incluso el médico dijo que todo volvería a la normalidad cuando me repusiera. Y así fue. Lo mismo ocurrirá ahora, me repetía una y cien veces. Pero cuando enfermé en casa no había conocido a Roberto. Esa era la diferencia. Nos habíamos enamorado, nos queríamos, éramos jóvenes e incautos.

La primera visita al ambulatorio me colocó en la realidad. Estaba embarazada. Corrí a contárselo. Vamos a ser papás de un hijo europeo, le dije. Creí que era la emoción lo que le había dejado callado, pero me equivoqué. No, Adriana, respondió al fin, no vamos a ser padres, al menos yo no voy a ser papá, tú sabrás lo que quieres hacer con tu vida. Me había equivocado y ahora sentía que el mundo se hundía sin remedio.

Yo tenía 22 años, estaba sola en un país desconocido, a miles de kilómetros de mi familia, no tenía a quién acudir, ni sabía a quién o a donde dirigirme. De volver a Guayaquil, ni pensarlo, ya era suficiente lo que tenían mis papás para añadir una carga más. Por otra parte, ¿qué podía ofrecer a mi hijo en un país que estaba expulsando a trabajadores por miles? En cuanto a Italia, el billete de don Carlos me valdría - con suerte - para un nuevo trabajo, pero ¿en qué podía emplearme estando embarazada? ¿Y qué haría luego con el niño? Cuando el peso del alma estaba a punto de resultar insoportable, me vino a la mente el recuerdo de una tía de mi mamá que vivía en España y, en ese mismo instante, tomé la decisión de viajar a Madrid. Conté los euros que tenía ahorrados, calculé lo que me correspondía de liquidación y llegué a la conclusión de que sumaba lo justo para el boleto de avión. Con la determinación que sólo puede dar la ignorancia me presenté en casa de la tía Esther.

Mi tía es una mujer de mucho arrojo. Nunca ha estado casada ni ha querido vivir con un hombre, dice que mejor se está sola que mal acompañada. Llegó a España con la primera oleada de ecuatorianos que salieron de mi país, en los primeros avisos de la crisis. En Guayaquil trabajaba de relaciones públicas en un hotel y en Madrid se colocó de aprendiza en una peluquería. Ahora es la encargada del negocio y sueña con que algún día, en algún lugar, habrá una peluquería con un letrero que diga: "Salón de belleza Esther".

Mi tía y sus amigas fueron para mí la providencia en aquellos momentos. Ella me acogió y entre todas me encontraron un trabajo de asistenta por horas para empezar de nuevo. Fueron unos meses de vértigo. Un nuevo país, una ciudad extraña, igual de acelerada que Roma pero con la ventaja de que aquí conocía el idioma. No era preciso que me repitieran las órdenes y entendía perfectamente cuando alguien murmuraba a mi paso, otra sudaca de mierda. Todo en esta vida tiene ventajas e inconvenientes. Antes de que pudiera habituarme al nuevo trabajo me encontré con una tripa descomunal. El doctor me dijo que era niña y que, afortunadamente, venía bien pero la tripa fue un obstáculo para el trabajo. Mi empleadora me había advertido de que no pensaba asegurarme, pero, repentinamente, decidió que no podía sufrir verme trabajar en mis condiciones ni consentir que me ocurriera un percance en su casa.

Esther y sus amigas organizaron un consejo de sabias para encontrar salida a mi situación, otra vez desesperada. Una de ellas dijo conocer una asociación dedicada a ayudar a las mujeres inmigrantes, la Red. Me pareció un poco sospechosa porque no era una organización religiosa pero fueron amables y no me interrogaron más allá de lo imprescindible. Como no tenía trabajo y mi barriga creciente no me permitía hacer grandes cosas, me inscribí en todos los cursillos y actividades que organizaba la Red. Me pasaba allí la mayor parte del día y, en los ratos que conseguía no pensar en el futuro, creo que fui feliz. Me ocurrió otra cosa hermosa y es que, por primera vez desde que salí de Ecuador, tenía mis propias amigas, no mi tía o sus compañeras, relaciones propias.

Además de formación, compañía y ánimo, la Red me proporcionó ropa, pañales, una cuna y leche para cuando naciera la bebita. Poco antes de que la tripa amenazara explotar el grupo de mujeres organizó una despedida especial para mí. Fue lo más emocionante que había vivido en mucho tiempo, me permitieron sentirme persona. Fueron, además, muy oportunas porque la niña nació puntualmente, al tiempo que llegaban a casa el mueble y los pañales.

Cuando pienso en todo lo que me ha ocurrido llego a la conclusión de que soy una mujer afortunada. En los momentos de mayor dificultad he ido encontrando una ayuda que mi mamá diría providencial y yo considero solidaria. Ahora tengo trabajo de doméstica externa. Comparto casa con otras dos inmigrantes, ecuatorianas como yo, que conocí también en la asociación. Me gustaría ganar más y tener mi propio apartamento pero dicen que la inmigración está rebajando los salarios.

Mi hija Adriana es una niña hermosa y sana. Mientras yo trabajo se queda al cuidado de una de mis compañeras de piso, más adelante creo que la llevaré a una guardería para que vaya integrándose en su país. Cuando nació pensé si debía comunicárselo a su padre y decidí que no. La niña es mía, lleva mis apellidos y ¡es española!

EVELYN

No es que me niegue a hablar de mi experiencia, es que ocurrió hace tanto tiempo que me parece que sucedió a otra persona. No lo olvido, pero no soy yo.

Entré a España por Santiago de Compostela en el año 1993, coincidiendo con lo que llaman año santo jacobeo. Yo tenía dieciséis años, vestía hábitos de monja y creía firmemente que daba los primeros pasos de una carrera artística que iba a llevarme al triunfo absoluto.

La coincidencia con el Santiago español me pareció una señal de buen agüero, una forma de seguir vinculada a mi tierra. Porque yo había nacido en Santiago de los Treinta Caballeros, capital de la provincia de Santiago y de la región del Cibao, en el norte de República Dominicana. De allí han salido importantes personalidades que han triunfado en la política, en la economía y en las artes de mi país. Yo también soñaba con triunfar. Cuando nos juntábamos los amigos en el monumento a los Héroes de la Restauración, junto al teatro del Cibao, mi sueño era ser actriz. Por eso, y porque sólo tenía dieciséis años, me pareció divertido entrar en España vestida de monja. Aún pensaba en ser artista y creía estar actuando.

Mi *carrera artística* había empezado un mes antes cuando nos visitó la tía Marilys, hermana de mi papá. Marilys había viajado a España a finales de los ochenta, con las primeras mujeres que emigraron. Fue una pionera y había triunfado. Para salir había tenido que hipotecarse con un préstamo al 30% de interés que le procuró un español que movía el dinero de otros españoles a quienes abonaba intereses del 15%. En poco más de tres años había pagado el crédito y comprado un solar cerca del Parque Colón, donde se estaba levantando un bloque de apartamentos. Las mujeres de la familia la admiraban en público y en privado. Los hombres no decían nada. Yo la idolatraba porque tenía todo lo que deseaba: dinero, talento y elegancia, y representaba cuanto yo quería ser: libre, independiente y rica.

Quiero irme con Marilys a trabajar en España, le dije a mi mamá y ella estuvo de acuerdo. Pensó que aquí sería más fácil que en mi país encontrar trabajo y ganar dinero para ayudar a la familia. Yo veía España como el país de las oportunidades, donde fácilmente podría hacerme actriz, ganar dinero en abundancia, como la tía Marilys, ser famosa y, como ella, comprar solares y hacer apartamentos para toda la familia. Ya lo dije, tenía dieciséis años.

A la tía también la pareció una buena idea, cuando se lo expuso mi mamá. La niña quiere irse a trabajar a España, tiene sueños de actriz pero basta con que encuentre un buen trabajo, le dijo. Precisamente conozco a un tipo que es dueño de varios locales de espectáculos y anda buscando chicas jóvenes para desfilar y actuar, respondió

Marilys. Rápidamente me procuró una cita con el individuo. Estábamos impresionadas, la prueba sería en la suite del mejor hotel de Santo Domingo.

Cuando llegué encontré a quince chicas, todas jóvenes y algunas muy guapas, a la espera de lo que llamaban el "reconocimiento". Consistía en que las chicas desfilábamos una y otra vez, totalmente desnudas ante el empresario, que hacía la clasificación: ésta de primera, ésta de segunda, y ésta de tercera. A las de primera las daba un millón de pesetas, en concepto de anticipo, para el viaje y los primeros gastos, para las de segunda el préstamo era de 700.000 pesetas, las de tercera cobraron 300.000. Yo fui de primera y recibí un millón. Nunca había visto tanta plata junta.

El empresario era un dominicano travestido que se hacía llamar Eliana y, si yo no hubiera sido una joven que soñaba con ser rica como la tía Marilys y famosa, habría comprendido que había algo raro en aquella empresa. No sólo no lo vi, sino que me pareció que daba los primeros pasos por la senda del paraíso.

Inmediatamente empezó nuestra preparación. Nos enseñó a rezar con recogimiento y a cantar en latín. Como no entendía para qué habría de servirnos el latín, imaginaba que estaba preparando mi futuro de actriz. La razón era bien simple, así vestidas, de monjitas fervorosas que acudían en peregrinación a Compostela, la tal Eliana había introducido en España a unas tres mil mujeres. Cuando los trámites aduaneros parecían complicarse o cuando alguien pretendía revisar los pasaportes más allá de la diligencia rutinaria, las "monjitas" recibían la indicación de entonar uno de los cantos en latín aprendidos en la fase de instrucción. Cada grupo viajaba acompañado de una "madre reverenda", quien cuidaba todos los detalles de la puesta en escena minuciosamente. A pesar de estas cautelas, en una ocasión un policía de aduana observó que, debido a la peculiar creatividad dominicana, algunas de las monjitas lucían unas llamativas uñas rojas, lo que estuvo a punto de hacer fracasar la expedición.

Del aeropuerto pasamos directamente a locales de la organización, de acuerdo con la clasificación que habíamos recibido en el reconocimiento. Las de tercera no llegaron a salir de Galicia, a las de primera nos llevaron a Madrid. Allí terminó mi ensoñación.

Los locales eran prostíbulos donde estábamos obligadas a hacer un mínimo de doce servicios diarios. Al finalizar la jornada de trabajo, que se alargaba a voluntad del encargado del local, nos devolvían a la casa que la organización tenía dispuesta para las chicas, de la que no podíamos salir solas por ninguna excusa ni razón. Cada casa estaba bajo el control de una vigilante de seguridad. A mí me tocó Marilys.

De lo que ganábamos con los clientes, el 40% iba directamente a la organización como gastos empresariales. De la parte que nos asignaban se descontaban los gastos en concepto de mantenimiento, que incluía habitación, comida y vestuario, que nos proporcionaba la "empresa". La cuota final, que no llegaba al 10%, se destinaba a pagar el préstamo y los intereses del millón que nos entregaron en Santo Domingo que, según nos repetían, la empresa había gastado en costear el viaje y nuestra preparación.

Podría relatarle historias sin fin de aquellos

meses de infierno, pero como usted imagina, no son muy distintas de las que han padecido miles de muchachas ignorantes embaucadas por tipos sin escrúpulos que tienen su negocio en el comercio de personas. Un negocio lucrativo, se lo aseguro.

Cuando asumí mi condición de esclava empecé a imaginar cómo podría escapar de la organización. Ni pensar en huir del local, que estaba bien guardado por los gorilas de Eliana. Ni en el trayecto entre la casa y el local, que hacíamos siempre acompañadas. Me centré en ver los resquicios de huida de la casa. La ocasión se presentó en las navidades de 1994. Para mi sorpresa, la noche del 24 de diciembre no trabajamos y Marilys, que se había echado un novio español, salió a cenar y nos dejó en casa, cerradas con llave, pero solas.

A esas alturas, yo había aprendido artimañas suficientes para abrir una puerta cerrada con llave, lo que no sabía era adonde podía ir una vez en la calle y a quien pedir ayuda. Había oído a una compañera hablar de una asociación que ayudaba a las inmigrantes en apuros. Me dio un teléfono. Abrí la puerta sin mayor problema y salí a la calle en busca de una cabina de teléfono. Marqué el teléfono de la asociación. Al otro lado respondió una voz de mujer, entre barullo de fiesta. Soy dominicana, dije, estoy presa de una mafia que me tiene en la prostitución y quiero escaparme, si lo consigo ¿pueden ayudarme? La mujer pareció dudar un momento pero enseguida respondió. Dime donde quieres que te recojamos y vamos a por ti. Hoy no, respondí, pero en cuanto pueda la llamaré. Me pareció que la doña creía que le estaba embromando. Y, además, tenía que prepararlo mejor. Volví a la casa y cerré de nuevo como si no hubiera pasado nada.

El día 31 de diciembre tampoco trabajamos y Marilys volvió a salir con su novio. Esperé el tiempo suficiente para asegurarme de que no volvería por cualquier eventualidad, recogí las fotos y los pocos papeles que guardaba en mi mesilla y salí de la casa. Esta vez quise poner definitivamente tierra por medio. A la desesperada, cogí el primer taxi que pasó y le pedí que me llevara al único lugar que se me ocurrió en aquel momento: el Rastro. Cuando puso el vehículo en marcha pensé que había quemado mis naves para bien y para mal.

Cuando el taxista dijo que habíamos llegado al lugar le pedí que esperara mientras hacía una llamada. Marqué de nuevo el teléfono de la asociación y contestó la misma voz de mujer. Soy Evelyn, estoy perdida en la parte del Rastro, dije. ¿En qué calle estás?, me preguntó. No lo sé. Sal de la cabina y mira la placa que habrá en alguna esquina, insistió. Leí: Plaza de Cascorro. Me dijo, ve a tal bar, pregunta por Víctor, que es amigo mío, dile que te pague el taxi y espéranos allí que ahora vamos a por ti.

Yo estaba asustada y muy nerviosa ¿Y si los de la asociación estaban compadreados con la mafia? Ni ellos me conocían a mí ni yo a ellos. Por fin llegó una pareja, la presidenta de la asociación y su marido, y me llevaron a su casa. Por el camino les conté lo que me había pasado desde que partí de Santo Domingo. Decidieron que era necesario ocultarme. Llamaron a un amigo y preguntaron si podía esconderme en su casa hasta que se resolviera el asunto. Después llamaron a un político y le dijeron tenemos aquí a una muchacha menor de edad, que está en una red de prostitución y vamos a esconderla a ver qué pasa.

El amigo me ofreció una habitación donde estuve varios días, prácticamente sola. No podía salir de casa ni asomarme por la ventana. Luego, me llevaron a otra casa. Después, la presidenta fue a hablar con el jefe de policía que llevaba los asuntos de las mafias. Esta es la situación, le dijeron. Él contestó, tenéis que decirme dónde está la chica, porque estáis ocultando pruebas y yo puedo denunciaros. Bueno, pues haga usted lo que quiera, dijo la presidenta, pero nosotros no vamos a hacer nada hasta que el juez no nos garantice que la chica se va a poder quedar aquí como testigo, por lo menos hasta que salga el juicio.

Porque ya había precedentes de que, después de haber denunciado a la mafia por la detención de inmigrantes, las chicas quedaban en libertad, entonces los mafiosos las cogían, las mandaban a su país, las quitaban el pasaporte y, llegado el momento del juicio, no aparecía nadie a declarar, con lo que salían libres como angelitos y las chicas que habían arriesgado seguían presas de la mafia.

El tipo estaba muy reacio al principio hasta que, pasado el tiempo, llamó a la presidenta y dijo vale, el juez está de acuerdo, le va a permitir estar aquí hasta que salga el juicio, inclusive se les dará papeles a las chicas que colaboren con la justicia. Cuando por fin me llamaron a declarar, la policía dijo que era la misma gente que estaban buscando, el juez lo autorizó y dieron la batida.

Las que estaban peor eran las chicas de Galicia, tuvieron que darles asistencia psicológica. La policía que había llevado el operativo dijo que jamás en su vida había visto una cosa tan denigrante como aquella, mujeres viviendo como auténticos animales.

Estuve escondida hasta que salió el juicio. En el banco de los acusados me encontré a Eliana y a Marilys, pero ya no eran los mismos. Yo tampoco lo era. Aún tenía miedo, sabía que me estaba jugando la vida pero sabía también que, si ganaba la partida, al final podría empezar de nuevo. Empezar una vida distinta.

Con mi declaración les salió una condena de veintitantos años de cárcel. Creo que Eliana acabó muriendo en la cárcel de sida. Marilys vendió sus apartamentos de Santiago, no sé más qué fue de ella.

Después de la sentencia me dieron una identidad nueva y la Asociación me buscó un trabajo en Valencia. Eso fue hace once años. Para mí como si fuera en la era glaciar. Es una historia que ya no tiene nada que ver conmigo, aunque cada día me ronde por la cabeza.

Hace diez años conocí a un hombre. Cuando me preguntó si quería casarme con él le conté todo como se lo acabo de contar a usted. Me dijo, lo siento. Y no hemos vuelto a hablar de ello. Tenemos dos niños que van a un buen colegio. Cuando la niña tenías seis años la profesora preguntó a los papás si alguno estaba dispuesto organizar un grupo de teatro. Mi esposo me animó y me ofrecí. Ahora doy clases de dramatización a niños de varios colegios. En ocasiones llaman para encomendarme nuevos cursos. ¿Es usted la actriz?, preguntan. Las vueltas que da la vida, ¿verdad?.

MARISA

En este mundo hay mucha hipocresía. Y mucho doctor que sabe lo que es bueno para sí y para los demás. Yo estuve mucho tiempo pensando por otros, por mis papás, por mi hermana, por la gente de mi pueblo, por la gente de la asociación. Pensé por todo el mundo, hasta que un día me paré y me dije, a ver, tú que piensas que es la vida. Y decidí que se me daba igual lo que dijera la gente de mi pueblo, mi hermana, mis papás, el presidente de la República Dominicana y el rey de España. Y ahora mismo, me da igual lo que usted piense. Lo que piense ahora y cuando termine de contarle mi historia. Que se la cuento porque quiero hacerlo, no porque me lo haya pedido. Y si usted lo quiere contar, pues lo cuenta, lo mismo me importa, que es nada.

Vengo de Altamira, una zona del norte de Santo Domingo más bien pobre. En mi país cualquier lugar es pobre, así mire usted al norte que al sur, donde sale el sol o donde se pone. Somos un país de pobres, por eso emigramos, hay algunos ricos, pocos, pero muy ricos, es cierto, que no sé si tiene usted observado que cuando en un sitio hay unos pocos muy, muy ricos, pero ricos de salir en las revistas de color, a su alrededor hay una multitud de pobres muy, pero que muy pobres, de los que también salen en los periódicos en blanco y negro.

A mi me tocó del lado de la valla que sale en blanco y negro. Mi familia era como cualquier otra en mi país. Mi papá estaba pero no estaba, estaba cuando quería, no cuando se le necesitaba, aparecía y desaparecía, unas veces daba explicaciones y contaba que se iba a trabajar al sur o a Santo Domingo, otras veces se iba nomás. En algún sitio debía tener otra familia de la que también se iría a veces. Las cosas eran así. Mi mamá trabajaba cuando estaba mi papá y también cuando no estaba.

A pesar de eso, siempre supe que soy una persona con suerte. Es verdad que fui a nacer en un rincón de la tierra donde poder comer ya es un exceso, en un pueblo donde no hubo agua corriente, ni luz hasta pasado mucho tiempo. No conocí hasta muy mayor lo que era una lavadora, una aspiradora, un refrigerador, esas cosas que los habitantes de los países ricos consideran imprescindibles para ponerse en marcha cada día. Pero la naturaleza me dio dos cosas que me han sido de gran utilidad: un buen culo y sentido común.

Yo vine a España como todas, a trabajar y ganar dinero para vivir mejor yo y que pudiera vivir mejor mi familia, para que mi hermana pudiera estudiar en la universidad. En mi país también trabajaba pero no alcanzaba ni para medio vivir. En cuanto llegué, mi prima me encontró un trabajo de interna. Trabajaba como en mi pueblo, más aún, porque allí, cuando una no puede más de cansancio, mira alrededor y ve caras amigas, que le sonríen y eso puede que no descanse pero alivia. Aquí no, en España ya puede estar una a punto de reventar, que si es hora de trabajo hay que seguir hasta que se reviente. Especialmente si una es negra, pobre y doméstica, para qué vamos a engañarnos.

O sea, que encontré trabajo con un matrimonio mayor y un hijo que viajaba mucho; me pagaban 700 euros, cantidad que, visto desde mi pueblo era casi una fortuna. Pero como esa fortuna no la cobraba en mi pueblo sino aquí, resultaba que, descontado lo que enviaba a mi mamá para aliviarle a la familia las carencias de allá, descontado lo que tenía que pagar para liquidar el préstamo del viaje, me quedaba justo, justo, para malvivir.

Eso, con una señora que me vigilaba a todas horas, que pesaba lo que comía y medía lo que gastaba, en luz, en agua, en papel higiénico, incluso. Yo creo que no tuve mucha suerte con mi jefa porque estoy segura de que no todas las empleadoras son como ella, pero ella era así, no le exagero. Me perseguía para comprobar que hacía todo lo que me mandaba y si algo no le gustaba, me discurseaba con frases como estos salvajes que vienen aquí a matar el hambre y la miseria, ni sé cómo los dejamos entrar en nuestras casas. Para terminar, sin remedio, con un y encima, negra.

A mí al principio no me importaban mucho sus discursos, cuando ella decía negra, yo respondía para mis adentros, y tú, gorda. No me importaba el discurso pero sí el remedio. Es decir, que aquella situación no iba a ninguna parte. Calculé que, al ritmo que llevaba, necesitaría al menos diez años para salir del paso y poderme comprar un terreno en mi pueblo en el que construirme una casa. Bien, me dije, pasan diez años y tienes casa y terreno, ¿y luego, qué? Porque una cosa que tiene emigrar, no sé si buena o mala, es que se ve lo que hay fuera, que unas veces es mejor que lo que tenías y otras es peor. En mi caso, emigrar me enseñó que hay otra vida. Una vida en la que no sólo es trabajar y ahorrar y gastar un poquito para volver a ahorrar. Una vida de vivir. De poder ir algo más lejos que el trayecto Pozuelo-Santo Domingo, o sea, el trabajo y mi familia. Una vida ¿cómo le diría? de poder decidir qué quería yo.

Le daba vueltas a la idea pero no acababa de encontrar la salida hasta que un día me vino la señora muy enfadada protestando porque no le había lavado las panties a su gusto. La doña lanzó su discurso habitual sobre los salvajes, el hambre y la negritud, para acabar esta vez con un comentario sobre mi poco conocimiento de la lencería fina. Unas panties como éstas no las has visto tú en tu vida, dijo ella. Y, ya ve, me dio la idea.

Porque esa vez no tenía razón: yo sí había visto unas panties finas. En mi pueblo había conocido a una chica que emigró a España, la trajo una gente que aquí dicen mafia, que captaba a personas del entorno, las cogían y las traían para acá. Luego, las gentes de allá hablaban de los males de la emigración, de las mujeres que iban por malos caminos, que se empleaban en la prostitución. El caso es que aquella chica empezó a mandar dinero a su familia que era la envidia de todos. Cuando volvió a su casa vestía unos trajes divinos y estaba guapa de caerse. En esas que pasé yo por la casa de su familia y ví la ropa puesta a secar, una tanda de panties a cual más bonito. Más bonitos que los de mi señora, puede creerme.

Así que aquel día decidí que ya no quería aguantar más las jornadas sin fin, la falta de respeto de la señora y mi falta de futuro. Llamé a mi prima y le dije que dejaba la casa. Bueno, espera que te encuentre otra, me dijo ella. No, no quiero más casas ni más señoras, estoy harta de lavar bragas y panties a las españolas. Me voy a meter a la prostitución y hacer mi vida.

Mi prima, que es una abogada muy seria, se tiraba de los pelos. Pero tú qué me dices, ¿te has vuelto loca? ¿cómo vas a hacer una cosa así? Echarás tu vida a perder y te arrepentirás siempre, me dijo. Pero decidí que esta vez no iba a atender más consejos.

Me coloqué en un sitio de León, era un pueblo bonito, la única pega es que en invierno hacía demasiado frío. En los primeros años iba a Madrid una vez al trimestre me cogía el autobús y me acercaba a ver a mi prima. Un día le dije que ya que me he metido en esto, quería defender a las muchachas que están como yo. Pero ella no terminaba de verlo, una asociación de putas, no suena bien.

Sin embargo, deberían unirse y organizarse. Lo primero, para evitar que las chicas beban y se metan en la droga, porque si no se conserva el control sobre una misma, se vuelve un guiñapo humano. Una asociación podría ayudarlas a evitar esos peligros, pero lo cierto es que no hubo forma. Yo nunca tuve que huir de las tentaciones, desde el primer momento supe lo que quería conseguir:

trabajar un tiempo, hacerme un dinero y luego ya vería qué hacía con mi vida. La única condición que puse a la dueña es que yo decidía con quién me iba y con quién no quería ir, que ella no se iba a meter en mi vida para nada. Ahí me di cuenta de los dones que me había concedido la naturaleza porque la dueña vio que mi culo iba a ser un buen reclamo para el local y yo tuve el sentido común de organizarme. Pronto me hice una clientela fija y, para que vea, lo que era defecto en la otra casa era virtud en esta, todos los clientes querían estar con la negra.

No, el trabajo no es lindo pero dígame usted cuántos trabajos lindos hay para las negras inmigrantes pobres, dígame uno solo. Sí, muchos días me decía que mi dignidad se había quedado en el suelo, pero no más veces que me lo decía cuando trabajaba con los señores. Si una se olvida de esas circunstancias, el trabajo era entretenido, con frecuencia me encontraba al juez o al cura, y a veces ni siquiera iban a hacer sexo, iban a platicar conmigo, nada más, yo les servía de terapia. Aunque, eso sí, a mí tenían que pagarme religiosamente, usted perdone, igual que si estuvieran haciendo cualquier otra cosa. El trabajo y mi tiempo son sagrados.

Estuve unos años en el lugar. Durante este tiempo envié dinero mensualmente a mi familia, que se acomodó una casa bien linda, y mi hermana terminó de estudiar. Yo había ahorrado algo, lo suficiente para poner un bar. A la mañana doy comidas también. Desde hace un año tengo tres personas contratadas, una cocinera y dos camareras. Somos todas mujeres, negras las cuatro, ya ve, y el sitio tiene éxito.

III

CUENTOS DE LA MAGIA

MENCÍA DE LEMOS

Cada ciudad tiene su espacio arcano, lugares que determinan el devenir histórico, de igual manera que las personas tenemos nuestros lugares recónditos, aquellos donde fuimos felices o donde soñamos serlo. En Aranda, ese lugar es el ángulo formado por la iglesia de San Juan y la Casa de las Bolas. También es mi rincón secreto.

Horas enteras he pasado contemplando la torre barbacana de la iglesia desde el puente medieval, o admirando su portada, contando sus arcos concéntricos, tratando de descifrar el significado de sus capiteles, identificar a la mujer del tocado, pensando en la necesaria restauración de San Juan. Más horas sentada en el poyo de su fachada contemplando la Casa de las Bolas, cuando era una pura ruina, cuando fue restaurada, cuando se dedicó a sala de exposiciones, cuando se declaró museo. Ese es un rincón misterioso.

La primera vez que lo comprendí no había cumplido los diez años. Estaba en misa de once, como todos los domingos, y una vez comprobado el color de la casulla del oficiante, para responder a la pregunta inevitable de mi abuela ¿de qué color iba vestido el cura?, me había abstraído en mis pensamientos. Solía ocurrirme cuando miraba la imagen de Santa Ana, una estatua que entonces me parecía enorme, en simetría con otra imagen identificada como su marido, San Joaquín. Él tenía un aire más pretencioso, se apoyaba en una cachaba y parecía decir, escuchadme, tengo cosas que contar que no os creeríais. La de ella era una expresión recogida, como absorta en sus pensamientos. Yo me entretenía imaginando el contenido del libro que apoyaba en el costado izquierdo. ¿Qué contará? ¿Quién lo habrá escrito? Se me iba el santo al cielo. En sentido literal porque en alguna ocasión me pareció que la santa también me miraba. Que me miraba y sonreía. Cosas de niña, me dije, cuando tuve más edad.

Tiempo después San Juan quedó en tierra de nadie -dejó de ser parroquia pero no había sido desacralizada-, convertida en contenedor de imágenes con pocos devotos. Normalmente, la iglesia estaba cerrada pero un día encontré la puerta abierta. Se acercaba la fiesta de San Roque y alguien había ido a por el santo para llevarlo a la parroquia de Santa María. Me asomé y ví a mi Santa Ana. Hubiera jurado que también ella me miraba. Son imaginaciones tuyas, me dije, qué otra cosa podía ser. No había cumplido los veinte años.

Luego, la iglesia permaneció cerrada y sin uso, con la cubierta amenazando ruina. Pasé mis treinta años escribiendo sobre su valor, su importancia histórica -había sido sede del Concilio Arandense en 1473-, sobre la necesidad de repararla; protestando por su cierre, por su abandono. Mientras lo escribía pensaba en las imágenes y los objetos de valor que se mantenían en su interior. Y en ella, la santa que me miraba.

Estaba a punto de cumplir los cuarenta cuando San Juan volvió a abrirse, ahora como Museo Sacro. Ahí estaba todo, tal como lo recordaba, los atriles con las palomas doradas, la capilla de las Calderonas, ahora remozada, y, la imaginería, que había sido restaurada y lucía rejuvenecida. Mi santa, a la que siempre había visto como una anciana, ahora era una mujer madura y hermosa en su serenidad. No era el único cambio. Ya no era Santa Ana, ni su compañero San Joaquín, los padres de la Virgen, ahora eran Santa Isabel y San Zacarías, los padres de San Juan. Así los identificaban las cartelas sobre las peanas respectivas.

Me apalanqué en una columna dispuesta a contemplarla con calma y a acostumbrarme al cambio de identidad; al rato me pareció que se movía. Algo imperceptible. Como cuando llevas mucho tiempo en la misma postura y tratas de relajarte. Lo que te pasa es que trabajas demasiado, tendrías que tomarte vacaciones, me dije.

- De pequeña me parecía que la santa me miraba y sonreía, le confesé al colega la primera vez que fuimos juntos, aún no había entrado en los cincuenta.

- Está seria, respondió él, cartesianamente.

- Pues a mí me sonreía, aclaré.

Me miró como diciendo ¿sabes lo que dices?, así que no me pareció momento para añadir que una vez la vi moverse.

Iba a cumplir los sesenta y en la primera planta del museo de la Casa de las Bolas, encontré a Isabel o Ana, o como se llamara. Realmente, encajaba en el entorno, pero, bien mirado, la nueva ubicación era una degradación respecto a la anterior. Por muy aposento real que fuera la casona de las Bolas, donde esté San Juan... Estuve a punto de contárselo al colega pero me abstuve, no fuera a pensar que me obsesionaba con la santa o, peor aún, que en cuanto llegaba a Aranda se me iba la olla.

Luego me arrepentí de no haberlo hecho para que él lo hubiera corroborado pues, al preguntar por la razón del traslado, la persona que atendía el museo me respondió con cierta suspicacia que la santa no se había movido de San Juan, afirmación que pude comprobar con solo cruzar la calle. Efectivamente, la santa permanecía en su lugar habitual. A ver si es verdad que en Aranda se me va la pinza, pensé. Porque lo cierto es que, mirándola de cerca, mi santa ya no parecía tan santa, tenía una expresión maliciosa, como quien se está burlando de ti.

- ¿Por qué has dicho lo de la santa?, preguntó, extrañado, el colega.
- Me había parecido, respondí, malhumorada.
- Lo has cogido con ella ¿eh?, comentó.

San Juan, como tantos núcleos culturales, sufre cíclicamente penurias presupuestarias y se abre o se cierra al albur de la economía local. Al encontrarla de nuevo cerrada me acordé de la santa y pensé que ya me valía de tanta tontería.

Me acercaba a los setenta y acudimos a ver la escenificación que se hacía del Concilio de Aranda. Una de esas recuperaciones históricas que se han puesto de moda para salvar la programación estival y animar a los veraneantes a visitar los lugares que no tienen playa. Lo que hemos venido en llamar oferta de turismo cultural. Tomamos posición en el poyete de San Juan para ver pasar la comitiva.

- Mira, esa dama se da un aire a Santa Isabel, le señalé al colega.

- La que se te aparece, me dijo, bromista.

- No se me aparece ni ella ni nadie, a ver si no confundimos, me quejé.

Volví a verla en la Plaza de Santa María y en el mercado medieval de la Plaza del Trigo. Observé que entraba en la Casa de Cultura y me quedé esperando enfrente, en la esquina de la antigua guarnicionería. Al cabo de un rato salió. Deambuló sin prisa entre la Imprenta Cesáreo Esteban, la tienda de Requejo, La Amuebladora y la casa de doña Josefina, nada de particular, lo que haría un figurante. Aproveché que el colega había bajado con la Peña el Chilindrón a ver la bodega del Bolo para hacerme la encontradiza con ella.

- Vaya fiesta divertida, dije, por decir algo.

- Anda, que no te ha costado decidirte, respondió ella.

- ¿Quién es usted?, pregunté ya sin rodeos.

- Santa Ana, no, puedes estar segura, ni Santa Isabel.

- Pues se le parece mucho, me defendí.

- ¿Conoces a la madre de Nuestra Señora o a su prima para saber si me parezco?, argumentó, muy atinadamente.

- No, claro. ¿Entonces?, insistí yo.

- Entonces, ¿qué?, preguntó ella.

Así no íbamos a ninguna parte. Para cambiar de tema le pregunté por el libro que tanto me había dado que pensar de pequeña.

- Siempre he querido saber qué dice su libro, confesé. ¿Podría verlo?

- Lo tienes a tu disposición en la biblioteca, ahí enfrente. Pregunta a Mari Cruz por el número 3 de la sección antigua de Historia.

Pregunté por él, naturalmente. Es uno de los tomos que solo están disponibles para consulta, no pueden extraerse de la biblioteca.

- Es de los más antiguos que tenemos pero no hay factura ni documentación que explique su procedencia, me aclaró Mari Cruz. Cuídalo bien, que eres la primera que lo pide.

El libro está encuadernado en piel y no presenta ninguna indicación de su contenido. Se cierra mediante dos cerrojillos dorados que se abren con dificultad. Se trata de un manuscrito, con una letra inusualmente clara, y reza así:

Apelación dirigida al Cardenal Ximénez Cisneros:

Su Eminencia el Sr. Arzobispo de Toledo, Cardenal Primado de España, Canciller Mayor de Castilla, Gobernador del Reino, presidente del Consejo de Regencia, Excmo. y Rvmo. Fray Francisco Cardenal Ximénez de Cisneros, cumpliendo con el mandato de Su Ilustrísima, vengo en testificar:

Que soy Mencía de Lemos, hija de Gome Martínez de Lemos, Señor de Trosa, y de María de Meira, nacida el 20 de febrero del año 1435 de Nuestro Señor en la ciudad portuguesa de Miranda do Douro. Que llegué a este reino de Castilla acompañando a mi señora doña Juana de Avis, hija del rey Eduardo I y de doña Leonor de Aragón, reyes de Portugal, cuando vino a contraer matrimonio con don Enrique IV, después de que el Papa hubiera disuelto el anterior matrimonio del rey con doña Blanca de Navarra, por causa de haberle echado el mal de ojo que le impedía procrear.

Que sea porque mi señora era joven y hermosa y quienes la acompañábamos también lo éramos, sea porque en Portugal las costumbres son menos rigurosas que en Castilla, o porque en este reino el rigor y la falta de alegría es el primero de sus mandamientos, desde nuestra llegada fuimos miradas con recelo, tratadas con severidad y calificadas con crueldad. El cronista Alonso de Palencia nos llamó libertinas y otras cosas peores solo porque nuestros vestidos eran más descotados que los de las damas castellanas. Como si la virtud radicara en la abundancia de tela.

Que mi señora doña Juana contrajo matrimonio con don Enrique el 21 de mayo del año 1455 y aunque a las damas que acompañamos a la reina se nos había prometido que casaríamos con ricoshomes del reino, es lo cierto que una vez en Castilla nadie se acordó de tales promesas. Que durante seis años el rey se mostró remiso a cumplir con sus obligaciones conyugales, sea por inapetente, sea porque se hallaba ocupado en otros menesteres. Que el tiempo pasaba y mi señora seguía siendo igual de doncella que cuando salimos de Portugal mientras su esposo se dedicaba ora a pelear, ora a la caza. Sin negar que los nobles del reino hacían lo posible por tenerlo guerreando y que a él le gustaba más estar en el monte que en palacio. Que los nobles, además de guerrear solían andar en intrigas, poniendo en liza a los hermanastros de don Enrique, don Alfonso y doña Isabel, que eran niños aún y que vivían en Arévalo con su madre, doña Isabel de Avis, de la que decían que había perdido el seso a la muerte de su esposo, el rey don Juan II. Por todo lo cual, mi señora doña Juana decidió mandar que los niños fueran traídos a la corte y asentarnos todos en la villa de Aranda, en la casa que llaman de las Bolas, que era propiedad real. Don Alfonso era una criatura asustadiza y enclenque y doña Isabel una niña rubia y hermosa, piadosa y callada, y ambos estaban tan tristes como estaría cualquiera que hubiera sido arrancado de la vera de su madre.

Que un día se indispuso don Alfonso y acudió a sanarlo una física, de nombre Mencía González, con quien, por la afinidad onomástica, entablé amistad. Ella me habló del médico judío Samaya Lubel y de la técnica que utilizaba para embarazar a las mujeres que no podían hacerlo de manera natural.

Que, aún pareciéndome el método del todo inusual, se lo conté a mi señora y ella se lo comentó al rey, su esposo, y su esposo se lo comentó a quien fuera, que no era hombre de guardiar secretos, ni siquiera los de alcoba, y entre todos acordaron solicitar los servicios del médico Samaya y este aceptó la propuesta. Que, llegado el día señalado por el médico, el rey y mi señora ocuparon la sala principal de la casa y allí, delante de diez testigos, pidieron a la reina que descubriera sus partes y al rey, las suyas. Mandó don Samaya ordeñar a don Enrique y trasvasar lo obtenido del ordeñamiento a una cánula de oro que inmediatamente introdujeron en las partes de doña Juana. Que la operación no dio resultado ni *la primera ni la segunda vez pero, en la tercera ocasión, pudo por fin la reina embarazarse del rey, lo que venía a ser de mucha fortuna para el reino, que andaba revuelto por falta de heredero y sobra de aspirantes. Que se encontraba don Enrique guerreando cuando recibió la buena nueva de mi señora.*

Que, al fin, el 28 de febrero de 1462 la reina dio a luz en Madrid una niña que fue bautizada con el nombre de Juana, teniendo como madrina a su tía, la infanta Isabel, y el 9 de mayo, las Cortes del reino, reunidas en la misma ciudad, juraron a la niña como princesa de Asturias, esto es, heredera de Castilla.

Que, con ocasión del nacimiento de la princesa Juana, en el palacio real de Madrid di en conocer a un caballero que no era un galán pero era buen mozo, mayor pero no viejo, agradable aunque no guapo, sabio aunque no presumido. Quien me requirió de amores resultó ser don Pedro Hurtado de Mendoza, obispo de Calahorra. Yo le correspondí libremente, sin que nadie me empujara a hacerlo. Y aunque su Ilustrísima me tiene advertido que no es partidario de que las mujeres huelguen con hombres de iglesia, he de recordar que nosotras no holgaríamos si ellos no nos requirieran. Que de resultas de nuestros amores en 1466 nació nuestro hijo Rodrigo y en 1468, Diego.

Que, entretanto, el rey favorecía con desmesura al marqués de Villena, don Juan de Pacheco, sobrino del obispo don Alfonso Carrillo, hombre de poder y mando, como su Ilustrísima, para su desgracia, bien conoce. El obispo Carrillo era más que el representante de Dios en la tierra: en Castilla era Dios mismo.

Que don Enrique era voluble en sus afectos y en sus decisiones y un día se encandiló con don Beltrán de la Cueva como antes se había encandilado con don Juan de Pacheco. El obispo Carrillo consideró el cambio de aprecio una declaración de guerra no ya por lo que suponía de caída de su sobrino sino por lo que tenía de amenaza para él. Porque, como su Ilustrísima no ignora, don Beltrán era la punta de lanza de la familia Mendoza y eso era más de lo que podía consentir el obispo Carrillo. Dos hechos vinieron a colmar la paciencia y los miedos del obispo: la concesión a Íñigo López de Mendoza, hermano de mi señor don Pedro, del condado de Tendilla y la custodia de la princesa Juana en la villa de Buitrago; y, peor aún, el matrimonio de don Beltrán con doña Mencía de Mendoza, hija de don Diego Hurtado de Mendoza, marqués de Santillana, y sobrina de mi señor, don Pedro. El rey, que había mediado en el enlace, otorgó a don Beltrán la villa y condado de Ledesma como regalo de bodas y, más tarde, le hizo duque de Alburquerque.

Que, con la misma vehemencia que antes defendió a don Enrique el obispo Carrillo pasó a combatirlo. Y, no pudiendo decapitarlo en persona, optó por hacerlo en efigie, lo que llevó a cabo en 1465 en la llamada Farsa de Ávila, donde los nobles castellanos acordaron derrocar al rey y proclamar a su hermanastro, el infante don Alfonso, poco más que un niño. Que el infante-rey murió el año del Señor de 1468, sea de enfermedad o de mano envenenada. Los nobles castellanos, de suyo levantiscos, ofrecieron la corona a la infanta Isabel, proposición que ella rechazó mientras viviera su hermanastro, reclamando suceder a don Enrique en el trono de Castilla. Lo que vino a ser hurtar la herencia de su sobrina, que era ya princesa de Asturias. El obispo Carrillo vio su ocasión de seguir mangoneando en el reino pues pasó a ser consejero de la infanta Isabel. Que mi señor don Pedro, entretanto, era ya consejero de don Enrique, lo que le valió honrosos nombramientos, como el de abad de San Zoilo, en Carrión de los Condes, el obispado de Sigüenza y otras mercedes menos religiosas y más sustanciosas, tal que las tercias de Guadalajara, el mismo año que nació mi hijo Rodrigo. A cambio, mi señor encabezó el ejército de los Mendoza combatiendo en Olmedo a favor del rey y contra el bando del marqués de Villena y de su tío, el obispo Carrillo.

Que el rey don Enrique sintió el apartamiento del obispo Carrillo y de su antiguo valido y la traición de sus hermanos como un apuñalamiento y perdió la cabeza que nunca tuvo del todo suya, cediendo como rehen a su esposa. Doña Juana fue recluida en el castillo de Alaejos, propiedad de don Alonso de Fonseca, arzobispo de Sevilla, quien había oficiado el matrimonio de los reyes. Don Alonso, ocupado en otros menesteres, ninguno de los cuales tenía relación con sus deberes eclesiásticos, confió la custodia de la reina a su sobrino, don Pedro de Castilla el Mozo, que es tanto como confiar al raposo el cuidado de las gallinas. Mi señora, joven, abandonada de su marido, privada de la compañía de su hija, sola en un reino que la detestaba, fue a entregarse a quien menos lo merecía. De resultas de ello doña Juana quedó embarazada de dos niños gemelos: Pedro y Andrés de Castilla y Portugal, que vinieron a este mundo el 30 de noviembre de 1468. Cuando, ayudada por su amante, pudo escapar del castillo de Alaejos y de la custodia del obispo Fonseca, buscó amparo en el poder de los Mendoza, en primer lugar en el castillo de Cuéllar, que era de don Beltrán de la Cueva, quien se negó a abrir sus puertas. La reina de Castilla halló refugio en nuestra casa de Trijueque, donde pude consolarla de tanta pesadumbre. Pero ni yo ni nadie pudimos evitar que el reino entero supiera sin asomo de dudas que la reina había sido infiel al rey. No menos de lo que él había sido con la reina pero, como su Ilustrísima no ignora, Dios ha ordenado una moral ancha para los hombres y otra moral pequeña y estrechita para las mujeres.

Que, con licencia de su Ilustrísima y sin menoscabo de la fidelidad y veneración que profesa a la señora, he de decir que doña Isabel no jugó lealmente ni con su hermano, el rey, ni con su cuñada, la reina, ni, menos que con nadie, con su sobrina, la princesa Juana, su ahijada. Así, mientras se presentaba como una hermana amantísima y una súbdita fiel, se confabulaba con los adversarios de los reyes o permitía que estos los traicionaran alevosamente.

Que, no pudiendo derrotar a don Enrique en el campo de batalla, el obispo Carrillo o el marqués de Villena, o ambos de consuno, levantaron la calumnia de que la Princesa Juana no era hija del rey sino de don Beltrán. Lo que si no fuera una infamia sería una bobería porque mi señora consideraba al valido como un fatuo y un traidor, en lo que, como se vio, no andaba errada. La acusación le vino bien a doña Isabel quien, sabiendo que no era cierta, alegó de su parte que la niña no era hija legítima por no ser válido el matrimonio de sus padres, al faltar la bula papal. Acusación tan falsa como la del valido, con la que doña Isabel cuidó de lavar su conciencia, que no hay nada más fácil de lavar que una mala conciencia cuando cuenta con la bendición del clero. Y al clero, representado por el obispo Carrillo, le convenía más que la corona estuviera en la cabeza de doña Isabel que en la de don Enrique y, sobre todo, en la de doña Juana.

Que, con ese ir y volver que tenía el rey, aceptó desheredar a su hija en beneficio de su hermanastra, no porque tuviera dudas de su paternidad sino porque don Enrique era de natural que deseaba complacer a todos a la vez y en aquella ocasión no quiso displacer a su hermana. Una sola condición puso el rey a doña Isabel: que había de casar con marido que él decidiera. Aceptó ella sabiendo que el obispo Carrillo andaba negociando su matrimonio con el heredero de la corona de Aragón. Doña Isabel había rechazado ya otros candidatos, incluído el rey de Portugal, porque deseaba ser reina propietaria y no consorte. A don Fernando de Aragón le adornaban, entre otros méritos, el de ser el varón más próximo a la corona castellana, en ausencia de Enrique IV. Virtudes que eran muy del agrado de doña Isabel, más por lo que afianzaba la corona en su propia cabeza que por lo que el matrimonio confortara su corazón. Que en octubre de 1469 doña Isabel y don Fernando casaron en secreto en Valladolid, utilizando para ello una bula falseada por el mismo obispo Carrillo, al no disponer de bula papal y ser esta necesaria dada la consanguinidad de los contrayentes. Lo cual causó harto enojo al rey, que llevó a desheredarla de nuevo, en favor de su hija Juana.

Que el de 1473 fue un año de gloria para mi señor y un año infausto para mí. Hallándonos en Sigüenza con nuestros hijos llegó el cardenal don Rodrigo de Borja prometiendo a don Pedro grandes favores si apoyaba la causa de don Fernando, marido de doña Isabel, que tenía en el papa Sixto IV un gran valedor. Mi señor se lo pensó poco tiempo pues su natural Mendoza le confería un instinto singular para situarse lo más cerca posible de donde se asentare el poder. Intuyó que el poder iba a ser más de doña Isabel que de doña Juana y, por si tenía dudas, don Rodrigo acabó de decidirle pues poco tiempo después, don Pedro fue nombrado cardenal, lo que le agradó tanto a él como irritó a don Alfonso Carrillo, que esperaba haber sido favorecido con el capelo.

Que, sea porque le acometió el prurito de la honestidad, sea como venganza contra don Pedro de Mendoza, ese mismo año de 1473 el obispo Carrillo convocó en Aranda el Concilio para combatir la ignorancia y la vida disipada de algunos clérigos. Yo intuí que lo de la vida disipada iba por mi señor, aunque no fuera el único obispo que tenía hijos, y le advertí a don Pedro. Cuidado, que don Alfonso es mal enemigo.

No debes temer por ese lado, me dijo. Ahí supe por qué lado debía temer. Mi señor tenía otra amada: Inés de Tovar, quien le había dado ya un hijo, el pequeño Juan. *¿Es verdad, señor?,* pregunté a don Pedro. *Verdad es,* me respondió. Así terminó mi historia de amor, si puede llamarse tal a lo que nos unió. Amor fue por mi parte y alguna vez amor fue por la suya. Amor tuvimos los días felices que vivimos sin más compañía que nuestra mutua presencia en el palacio de los Mendoza de Guadalajara, donde nació mi hijo Rodrigo, o en el castillo de Manzanares el Real, donde vino al mundo mi hijo Diego. Pero el amor es fugaz. Lo fue en mi reina doña Juana y lo fue en mi señor don Pedro. De todo aquello quedaron nuestros dos hijos y una amistad que no se acabó nunca. Opté por retirarme a la villa de Aranda, que había sido señorío de doña Juana y ahora se había rendido a doña Isabel. En recuerdo de los tiempos felices.

Que el Concilio de Aranda fue la ocasión para que doña Isabel pactara con el clero reunido en San Juan el apoyo de la iglesia de Castilla contra la heredera legítima, la hija de don Enrique. El clero, que pugnaba por domeñar a la monarquía, creyó que sería más fácil conseguirlo sentando en el trono a esa mujer joven y piadosa, de apariencia frágil, que suplicaba su protección, que sosteniendo a la hija de Juana de Avis, cuya piedad y recato había puesto en almoneda. La iglesia comprometió su apoyo a Isabel pero algo no fue como el obispo Carrillo había previsto porque enseguida cambió de bando y, de defender a doña Isabel, pasó a defender a doña Juana. Los Mendoza hicieron el camino a la inversa: de ser protectores de doña Juana pasaron a defender los derechos de doña Isabel. La vida y la lealtad de algunos nobles tienen esos giramientos. Doña Isabel pagó el precio de aquel apoyo en 1492, cuando mandó expulsar a los judíos dejando el campo eclesiástico libre a las huestes del Papa de Roma.

Que don Enrique IV entregó su alma al Altísimo el 11 de diciembre de 1474 y doña Isabel no esperó a que se enfriara el cadáver de su hermano para proclamarse reina de Castilla. Al día siguiente, sin aguardar siquiera la presencia de su esposo, don Fernando, entró en Segovia con todos los atributos reales y se hizo jurar sucesora del difunto don Enrique. Un año después, la reina doña Juana de Avis, en quien se cebaron todas las desgracias, murió sola y abandonada en Madrid, recibiendo sepultura en el convento de San Francisco. Hermosa como era, solo tuvo una última voluntad: que la tierra no tocara su cuerpo muerto.

Que don Alfonso Carrillo siguió intrigando, ahora en pro de la hija de don Enrique, niña de trece años, aunque discreta e inteligente, no en vano había sido educada a la sombra de los Mendoza. El obispo pactó casar a la princesa con el hermano de su madre, don Alfonso V de Portugal, y este acudió a Castilla a defender los derechos de su prometida. Don Pedro luchó del lado de doña Isabel en Zamora y en Toro. En el mismo bando luchó don Beltrán de la Cueva contra doña Juana, por tantas razones mal llamada la Beltraneja. Como su Ilustrísima conoce, la guerra no la ganó nadie pero la victoria *fue para doña Isabel y la derrota para doña Juana. Obligada a escoger entre un probable matrimonio con el heredero del trono castellano, entonces de un año y el convento, escogió refugiarse en sagrado y partió a Portugal, de donde no volvió. Allí fue respetada como la Excelente Señora. Hay victorias amargas, porque la reina Isabel vivió el resto de su vida con el desasosiego de su sobrina y en controlar esa sombra empeñó la felicidad de sus hijas, Isabel, primero, y María, después, casándolas con príncipes o reyes portugueses para tenerla mejor vigilada.*

Que don Pedro de Mendoza acompañó a los reyes en la entrada a Granada después de haber derrotado al moro y él fue quien les presentó a Colón y quien recibió al descubridor a su vuelta del primer viaje a las Indias Occidentales. Fue arzobispo de Toledo, donde su Ilustrísima había de sustituirle, y de tal manera medró que llegó a ser conocido como el tercer rey de España. Fue generoso con todos, artistas o legos, nobles o villanos. A mí me regaló la casa en la que vivo, en la calle de Santa Ana, cabe la de don Juan de Acuña. Mi señor murió en Guadalajara el 11 de enero de 1495, los reyes acompañaron el traslado de su cuerpo hasta la catedral de Toledo, donde descansa para siempre y mi hijo Rodrigo encargó el sepulcro que guarda sus restos.

Que sin merma de su mucho mérito, su Ilustrísima debe no poco de su fortuna a don Pedro: él fue quien lo mandó llamar estando aún de prior en el convento de La Salceda, para sustituir a fray Hernando de Talavera, como confesor de la reina cuando este fue nombrado arzobispo de Granada y a partir de ahi, él le cobijó con su protección y le empujó cuando la desmesurada humildad de su Ilustrísima le impedía solicitar por sí mismo lo que tanto ansiaba, esto es, tocar el poder con sus manos. Que en memoria de don Pedro imploro a Su Ilustrísima me libere de la maldición que me encadena a este mundo.

Que la reina doña Isabel aceptó en la corte a mis hijos y al hijo de doña Inés de Tovar, a los que llamaba los bellos pecados del cardenal. Doña Isabel era muy dada a recoger a los hijos ajenos pues también se encargó de la crianza de los de la reina doña Juana, Pedro y Andrés de Castilla. Por recoger, recogió incluso a los que le trajo su esposo, don Fernando, habidos fuera de su real lecho, Alfonso y Juana y las dos Marías, a las que hizo abadesas del convento de Madrigal. A mi hijo Rodrigo le hizo marqués de Zenete, conde del Cid y barón de Alasquer; a mi hijo Diego, que luchó en Italia a las órdenes del Gran Capitán, le hizo conde de Melito y de Aliano, lugares de Nápoles. Doña Isabel sería generosa y muy católica si así lo certificó el Papa, pero no era indulgente ni compasiva. A mí me impidió ver a mis hijos y, cuando supo que vivía en la casa que había sido de don Pedro, me prohibió salir de la villa de Aranda condenándome a permanecer aquí para siempre jamás. Su Ilustrísima aceptó con un amén la decisión de la reina conociendo que era injusta o vengativa o ambas cosas. Teniéndome ambos en un penar sin haber causa ni razón, que ni descansar en paz me es dado.

Que aquí he conocido las vicisitudes de los reyes de Castilla. Supe de la boda de la primogénita Isabel, el vivo retrato de su madre, con el príncipe heredero de Portugal, don Alfonso, de la muerte del príncipe, de la vuelta dolorida de su viuda, dispuesta a retirarse al convento, de la insistencia de la reina en que volviera a Portugal, ahora como esposa del rey Manuel I. Conocí la muerte de Isabel al dar a luz a su hijo, Miguel de la Paz, quien hubiera podido heredar todos los reinos de España de no haber muerto dos años después. Supe la muerte del heredero, el pobre don Juan, recién casado con Margarita de Austria. Supe del matrimonio de María con el rey Manuel, que doña Isabel no podía consentir que la Excelente Señora doña Juana quedara sin vigilancia y volviera a Castilla a reclamar su trono. Conocí que la pequeña Catalina partió a Inglaterra a casarse con el heredero Arturo de Gales y, muerto este, con su hermano, ya rey, Enrique VIII. Me enteré de la boda de Juana con Felipe de Austria, hermano de Margarita, de las desavenencias conyugales de la pareja, de los enfrentamientos de Juana con su madre, de la resistencia de Juana a regresar a Castilla para recibir la corona que la muerte de su madre había dejado vacante, de la ambición de don Fernando por gobernar el reino que había sido de su mujer.

Que cabe la torre de la antigua iglesia he visto levantarse en la villa un gran templo dedicado a Nuestra Señora Santa María, capaz de acoger a los nuevos vecinos que han llegado a la llamada de su floreciente industria, su mercado y su riqueza. Que han favorecido su construcción la corona, el obispo Alonso Enríquez y el regimiento de la villa, cuyos escudos penden en su portentosa portada de la que ha de hablarse en los siglos venideros.

Que aquí he vivido con dolor el juicio a mi querida Mencía González, denunciada por persona anónima con la acusación de que se había excedido en sus habilidades médicas. El juez Francisco Tapia mandó prenderla y aunque la soltó luego, le prohibió ejercer su labor y acabó desterrándola de la villa. Sé por personas amigas que la Real Chancillería de Valladolid ha desautorizado al juez Tapia y ha indicado a Mencía que pase el examen que fija la ordenanza real para ser restituida en sus funciones. Pero no volverá, como tantos otros, buscará lugares donde no anide con tal facilidad la envidia ni se premie con tanto abuso la mediocridad. Su Ilustrísima, como regente, debería cuidar de recompensar antes el desvelo y la bondad de las gentes que la incultura de quienes de tal manera desprecian cuanto ignoran.

Que supe de la muerte de doña Isabel en 1506 y, como confesé a su Ilustrísima, no pude llorarla porque no fue buena. No fue buena con la reina Juana, ni con su hija, ni conmigo. A lo más que llegué es a apiadarme de su dolor de madre. Dios, en su misericordia infinita, no le habrá permitido conocer que su viudo, don Fernando dejó correr la especie de que era su intención sacar del convento a doña Juana, llamada la Beltraneja, reconocer su condición de heredera de la corona de Castilla y hacerla su esposa para seguir gobernando el reino, todo ello en detrimento de su hija Juana, a quien la reina había nombrado legítima heredera. Que desistió de tal propósito, si lo tuvo, por ser más favorable el pacto con el rey de Francia, quien le ofreció a su sobrina, doña Germana de Foix, la nueva reina, con quien don Fernando se empeñó en haber heredero varón que le sobreviviera tan insistente como infructuosamente.

Que en esta villa de Aranda y en esta casa permanezco, a la espera de la absolución de su Ilustrísima. Aquí me enteré de que las cortes de Valladolid habían jurado a los nuevos reyes, doña Juana y don Felipe de Austria, y de la temprana muerte del rey. Cuando supe que su Ilustrísima era regente de Castilla deseé que su piedad estuviese a la altura de la inmensidad de su poder y se apiadara de mí, dejándome marchar en compañía de mi señor don Pedro. Voces me han llegado que hablan del trastorno de la reina, como su Ilustrísima sostiene, y otras que aseveran que no hay locura sino desentendimiento de la gobernación y de las cosas del reino, como su Ilustrísima desea. En los últimos años he visto pasar a don Fernando, el breve viudo de la reina Isabel, con su nueva y joven esposa. Le vi, el 26 de abril de 1515, cuando acudió a testar en casa de don Juan de Acuña, ante el notario Miguel Velázquez Clemente. Vi a ambos, al rey y a su Ilustrísima, cuando se despedían sobre la puente del río Duero, ese mismo año de 1515 y en ese mismo puente por donde había entrado doña Isabel cuando quería conquistar el trono que era de su sobrina. He tratado al joven infante, Fernando, el hijo castellano de la reina Juana, tan guapo y discreto, tan favorito de su abuelo, el rey Católico, que tan triste muerte hubo. He sabido que de Flandes llega Carlos, el primogénito de doña Juana, heredero de Castilla y de Aragón, y que su Ilustrísima quiere aleccionarle en las cosas del reino. Me han dicho que sale hacia Roa para encontrarse en Valladolid con el príncipe, por lo que vuelvo a reiterar su perdón. Me hago vieja, Cardenal. Quisiera poder descansar en paz.

Vuelvo con frecuencia a este rincón por el placer de recorrer el lugar donde se escribió una página de la historia de España. La Casa de las Bolas ha sido remozada y sus salas lucen hoy pobladas de cuadros de cien autores y mil estilos. Evoco la presencia en estos cuartos de la desgraciada reina Juana de Avis, señora que fue de Aranda. Reflexiono cuán frágil es el hilo que separa lo posible de lo real pensando en cómo habría sido la historia si los nobles castellanos no se hubieran hecho fuertes en sus privilegios y hubieran aceptado a doña Juana como heredera de su padre, Enrique IV. O si la otra doña Juana, la hija de los Reyes Católicos, se hubiera decidido a reinar en vez de aceptar ser recluida en Tordesillas. O si en el testamento de Aranda Fernando el Católico hubiera nombrado heredero a su nieto favorito, Fernando. Esa estrecha y casi invisible línea que divide lo real de lo posible.

En la Casa de las Bolas, a veces ocurren cosas extrañas.
- Ya estamos de nuevo. Es la tercera vez que me cambia los grabados de Dalí, repite Lorena. ¡Qué desesperación!, exclama.
- ¿Qué ha pasado?
- Lo de siempre, el gracioso que se divierte cambiando de lugar los grabados, bufa la guía del

museo.

- ¿Hay algo en las grabaciones de las cámaras de vigilancia?, pregunta Elena.

- Nada. Ni han saltado las alarmas, pero esta mañana había dos cuadros cambiados de posición.

- Le hará ilusión organizar el museo o tendrá su propia opinión sobre la obra de Dalí, Elena quita importancia al asunto.

- Eso sin contar las veces que baja los diferenciales de la iluminación o cambia de lugar mi bolso, murmura Lorena.

En esas ocasiones estoy tentada de hablarles de la teoría de la Trascendencia de Karl Jaspers, de los límites que la ciencia no es capaz de traspasar, aquello que está más allá del tiempo y del espacio. Pero me callo y cruzo una vez más a San Juan, entro a la antigua sacristía y me acerco a Ana-Isabel-Mencía.

- Contentas están contigo en la Casa de las Bolas.

- Llevo una vida tan aburrida que me parece una aventura cambiar los cuadros, apagar las luces de la casa o mover el zurrón de lugar. Con decirte que me divierte oir sus protestas te harás una idea de la monotonía de mi existencia.

A veces me quedo para escuchar a la guía.

- Estas imágenes son de lo mejor que atesora el museo. Proceden del desaparecido convento del Sancti Espiritu, pertenecen a la Escuela Castellana y por su excelente factura se cree que bien pudieron salir del taller de Gregorio Fernández. Inicialmente se creyó que eran Santa Ana y San Joaquín, pero recientes investigaciones las han identificado como Santa Isabel y San Zacarías, padres de San Juan, el titular de la iglesia. Realmente, apenas sabemos nada de ellas pues toda la documentación del convento desapareció durante la francesada.

En ocasiones acudo nada más que para hacer un rato de compañía a mi amiga. La miro fijamente para que sepa que he entendido su mensaje. A veces, muy raramente, me sonríe. Por no agrandar su desesperanza no me he atrevido a decirle que el Cardenal Cisneros murió en Roa el 8 de noviembre de 1517. Y que, por mucho que ella espere, no va a volver.

Me he decidido a contarlo aquí por si alguien conoce a quien pueda devolver la paz a Mencía de Lemos.

EL LOBO DEL POZO AZUL

El Pozo Azul es profundo e ignoto. Sus aguas son saladas como las lágrimas y suaves como las caricias.

Se asienta sobre un desnivel del terreno en las estribaciones de la Peña Otero. Conduce al lugar un camino de polvo que deja atrás Tubilla del Agua. La vereda es poco transitada por lo que a tramos aparece invadida de arbustos. Menudean las plantas olorosas, espliego, romero, salvia, tomillo, mejorana y, si la primavera es benigna, incluso la albahaca. Abundan las flores silvestres, chirivitas y manzanilla, campanillas. Se espesan las zarzamoras que dan fruto en otoño. El aire es limpio y la atmósfera transparente. El murmullo del arroyo, el zumbido de algún abejorro y el canto de mil pájaros hacen contrapunto al silencio.

Fue él quien me lo descubrió. Entonces vinimos como por azar, aprovechando la fiesta del Corpus Cristi. Te enseñaré un lugar que no conoces, me dijo.

Si uno no está advertido, el pozo surge como una aparición. El caminante avanza acompañado del canto del ruiseñor o la llamada de la alondra, siguiendo el murmullo robusto del agua y apenas se percata del fin del sendero cuando se topa a los pies con una pequeña poza. La protege del levante una imponente mole rocosa sobre la que el sol, las lluvias, el hielo y el tiempo han labrado varios escalones a manera de balconadas desde las que asomarse a la fuente. A poniente, el agua rebosa el vaso de piedra y va a expandirse por la pradera en un riachuelo que corre alborotado hasta unirse al cauce del Rudrón dos centenares de metros más adelante, a la vista de la Cueva Negra.

Llegamos a media mañana cuando el sol brillaba ya. Hay tres jueves en el año que relumbran más que el sol, Jueves Santo, Corpus Christi y el día de la Ascensión, recité yo. El pozo me pareció entonces un minúsculo espejo al que se asomaba una nube distraída. Nadie sabe de dónde mana el agua, me contó él, pero tiene sabor y conserva siempre el mismo nivel, incluso en años de sequía.

El Pozo Azul es profundo e ignoto.

Eso, al menos, afirman los lugareños. El visitante ocasional comprueba la profundidad arrojando un guijarro y enfrascándose en cálculos a partir del tiempo que aquél emplea en llegar al fondo. Veinte metros, deducen algunos. Lo menos treinta, tantean otros.

El Pozo Azul es profundo como la pena.

Nadie sabe lo que guarda ahí abajo, sostiene el pastor de Nocedo. Da espanto acercarse a él en día de tormenta y verlo tan azul bajo el cielo plomizo, confiesa el guarda de la piscifactoría. Es como si tuviera su propio resplandor, cavila el vasco viejo de Valdelateja.

El Pozo Azul es ignoto como la esperanza.

Permanecimos largo rato descubriendo las

pequeñas plantas del entorno. Él me habló de la dureza de esta tierra, de lo tortuoso de su orografía mil veces herida, en la que el Ebro se enreda en sucesivos regates como queriendo demorar su indefectible marcha al mar. Se refirió a la huella dejada en estas rutas al paso de viejas tribus, a los orígenes probables de Orbaneja del Castillo como castro celta. A la mudez actual de las iglesias románicas, que se alzan por doquier en derredor, cuyas tallas y estelas debieron hablar tan diáfanamente a los pobladores primitivos. Habló de los largos inviernos del páramo, de los aullidos de los lobos en las noches heladas y del temor ancestral que los animales infundían a los labriegos. Sin embargo, añadió, la mirada del lobo es la que más se asemeja al hombre.

Al emprender el camino de regreso dirigí una última mirada al pozo. Entonces lo vi. Asomado sobre el brocal, su figura se reflejaba en el agua. Era un soberbio ejemplar, un macho de lobo gris, inmóvil. Su presencia nos paralizó a los dos. El animal levantó la cabeza hacia donde nos encontrábamos y permaneció quieto. Había lágrimas en sus ojos.

Estaba allí mismo y nos miraba con sus ojos húmedos. No es posible, pensamos ambos, el lobo no baja del páramo en primavera. Luego, todo sucedió como en un relámpago, un instante, nuestras miradas se cruzaron buscando en el otro una explicación a lo que estábamos viendo. No puedo calcular cuánto tiempo duró aquel instante. Cuando devolvimos la mirada al pozo estábamos solos.

Cuentan que ella era hija del señor de Orbaneja. El, heredero del de Valdenoceda. Se veían a hurtadillas hasta que el de Orbaneja decidió poner fin a aquellos amores que contrariaban a ambas familias, encerrando a la joven en la Cueva Negra. El señor de Valdenoceda envió a su hijo a luchar contra los sarracenos en la frontera. Llegó luego un mensajero con la nueva de que el joven había sido muerto en la batalla. El correo alcanzó la triste noticia cuando la doncella paseaba por las inmediaciones de Covanera un día del Corpus Christi. Tan hondo fue su pesar que las lágrimas anegaron el lugar y ella acabó desapareciendo en su propio llanto. Aseguran que las aguas del pozo que allí nació tienen el color azul de las ropas que vestía. Los habitantes de la comarca afirman que algunas primaveras, mientras los animales se enseñorean de los altos llamando a las hembras, un lobo solitario baja hasta el pozo mansamente a beber agua. Así lo han visto y lo han narrado padres, hijos y nietos de muchas generaciones. Nadie recuerda que el lobo haya causado daño alguno. Bebe en el pozo y vuelve al páramo. Sucede año tras año.

Las aguas del Pozo Azul son saladas como las lágrimas y suaves como las caricias. Lo compruebo cada año. El día del Corpus Christi vengo, me siento en la piedra que un día pisamos juntos y espero. A veces madruga y a veces tarda. Pero siempre llega. Se acerca al agua y se asoma al interior. Así permanece largo rato. Ahora también yo sé que el lobo tiene mirada de hombre y que su llanto alimenta el pozo. En ocasiones sus lágrimas se unen a las mías.

El pozo es profundo e ignoto. Sus aguas son saladas como las lágrimas, suaves como las caricias y azul como su mirada.

LA CARLOTITA

¡Pensar que el miedo de aquella noche no virvió para nada! Para nada. Después de todo, allí estaba la Carlotita con su sonrisa.

Nadie pensó en ella, la Carlotita. Ni Nemesio, el alcalde, ni Florencio, tan precavido que se había vuelto desde que su hermana murió del mal. La muerte de Emiliana le había hecho más taciturno y silencioso. Andaba por el campo encogido, como si arrastrara un peso que no podía soportar. Él fue quien le cerró los ojos. Tan guapa y tan lista que era, la Emiliana. Don Celes, el médico dijo que fueron las fiebres de la parturienta, el sobreparto. Pero se murió del mal de la Oliva. La madre lo supo enseguida, no hay remedio para mi Emiliana. Dos días tenía Carlotita cuando se murió Emiliana. Yo misma vi pasar a la Oliva por el camino de la era que lleva a la cueva de los Moros, decía la madre.

Todos en el pueblo oímos los gritos esa noche. Toda la noche, los gritos. Pero era necesario. Lo había dicho Nemesio el alcalde y hasta don Abilio vino a decirlo con su silencio. Había que quemar la vara de Oliva. Si no queréis que sus poderes pasen a Milagros, que también tiene el lunar, hay que quemar la vara. Y todos asintieron; el cura se quedó callado.

Don Abilio sufrió mucho con la Oliva. Para mí que el pobre hizo lo que pudo sin llegar a entender por qué pasaban aquellas cosas en casa de su sobrino. Y mira que el cura quería al Bernabé. Lo metió en el seminario en cuanto hizo los diez años y él mismo pagó los estudios del chaval. Si vales para el sacerdocio habremos conseguido un ministro para la Iglesia, le explicó, y si no, habremos desasnado a otro mozo. Pero el chico no podía con los libros y a los dos años lo devolvieron al pueblo. Con los pocos latines que había aprendido ayudaba al tío en la misa. Fue monaguillo hasta que entró en quintas. Bernabé sentó plaza en San Sebastián y luego se quedó unos años en Guipúzcoa. Volvió al pueblo para atender las tierras cuando murió su padre. Y ya vino con la Oliva, que era una guapa mujer, las cosas como son.

Iba siempre con su vara y un pañuelo al cuello. El Bernabé explicó que la vara la llevaban las mozas en su pueblo, que era sitio de peñascos, para andar por los riscos y el pañuelo, por una mancha que tenía en forma de luna. Era un poco áspera, pero guapa. Al cura y al alcalde les contó que la había conocido en Zugarramurdi, que vivía allí con su madre y que era limpia y una buena mujer. Lo del poder de la Oliva no lo barruntamos los vecinos hasta mucho tiempo después. Empezamos a sospechar cuando la madre de la Emiliana oyó decir al Bernabé que su mujer era bruja. Lo había oído por casualidad, sin querer, repetía ella, mientras ponía las flores a la Virgen, la víspera de la fiesta. Bernabé no dijo bruja, dijo mi mujer algunas noches se lleva la vara a la habitación y se queda muerta. Luego vuelve en sí, pero se queda muerta, la toco y está fría. No respira y se queda muerta.

El pobre Bernabé se fue en lo mejor de la vida, cuando había conseguido levantar cabeza en el campo. Es lo que tienen las enfermedades hoy en día. En menos de un mes estaba en la tumba. Y él lo sabía, claro que lo sabía. Como que vendió las tierras de regadío, llevó al silo el grano que le quedaba en la panera y metió todo el dinero en una cartilla a nombre de la Oliva. Y luego, el Canela. El Bernabé había tenido de siempre una mano especial con los animales: suyos eran los mejores perros de caza en toda la comarca. Aquella tarde cuando tomó el camino del monte con la escopeta al hombro, le acompañaba el Canela, un setter rojo más listo que el hambre. Voy a echar unos tiros a los conejos, le dijo a don Abilio. Volvió de vacío y solo. He tirado al bicho pero se me ha cruzado el perro y le he dado, le contó al cura. Dos días después de que él mismo enterrara al perro en el alto de los Nogales, le dimos tierra. El Bernabé lo sabía y no quiso dejar al Canela con otro amo.

El accidente fue unos años más tarde y en el pueblo nos enteramos por un casual. Cuando don Celes dijo esto no puede seguir así, Oliva, que cualquier noche tenemos una calamidad. Se lo dijo en la consulta, esta vez te has librado con un mal golpe porque el Leonardo no atinó contigo, pero mañana podemos tener una desgracia. Y la Oliva, fui a comer y sentí un dolor, no sé qué pasó, don Celes. Así lo oyó el Nemesio que estaba esperando en la consulta. Fui a comer y sentí un dolor.

Leonardo nunca llegó a entenderlo. Ni siquiera

cuando se lo contaba su mujer. A la Justina, como es tan parlanchina, lo mejor es no hacerla mucho caso, decía. En cambio para la matanza tenía una mano como nadie. Rara era la familia del pueblo que no la llamaba para arreglar la matanza y no pocas las que dejaban en su casa chorizos, lomo y morcilla para que se los curara. Aquel invierno Justina estaba harta de que le comieran los chorizos de doña Leocadia. En el desván entra un bicho y se come la matanza de doña Leocadia, había advertido a Leonardo. Y él, pues ya es raro, que solo se coma los chorizos de la mujer del médico. Así un día y otro. Hasta que una noche le obligó a acompañarla. Tienes que cazar a la rata antes de que acabe con la matanza.

Durante horas hicieron guardia en el desván sin que entrara el animal. Hasta que el reloj de la iglesia dio las tres no asomó el hocico. Entró y fue directamente a la sarta de doña Leocadia. Mira que en el desván colgaban chorizos, que Justina tenía fama incluso fuera del pueblo, pero solo fue a los de la mujer del médico. Leonardo alzó la estaca y estrelló al animal contra el hogar. Chilló la rata al caer en el rescoldo pero aún acertó a escalar por la chimenea y huir. Parecía un ser, comentó Leonardo, impresionado por el grito del bicho. Fui a comer, no sé qué pasó, decía la Oliva al día siguiente. Y el médico, esto no puede seguir porque cualquier noche tenemos una desgracia.

La fatalidad fue a ocurrir en la Cueva de los Moros y es lo que acabó de soliviantar al pueblo. Oliva apareció muerta una mañana en su cama. Ni don Celes se lo esplicaba. Por dentro está como si algo la hubiera aplastado, dijo. Por fuera parecía normal, pero por dentro, como si la hubiera caído encima un fardo. Cuando a la noche vino el pastor y lo dijo. Que se ha hundido la entrada y se ha tapado la cueva de los Moros. Menos mal que no ha habido una degracia, solo ha pillado a una rata enorme, que se ha quedado despachurrada.

Nemesio convocó al pueblo el mismo día que la dimos tierra. Las Trinis habían ido a su casa para advertirle. Las Trinis no eran brujas sino curanderas, como lo habían sido su madre y su abuela. Y las Trinis lo dijeron bien claro. Los poderes de la Oliva pasarán a Milagros. Por la luna. La Milagros nació con una luna en el cuello también. Un antojo, según su madre.

Así que había que quemar aquella fatídica vara. Que la Milagros estaba bien casada en Valladolid y la Oliva, ahora lo sabíamos, había sido muy desgraciada con su don. Por eso el pueblo estuvo de acuerdo. Había que quemar la vara de fresno. ¿Alguien quiere?, preguntó Nemesio. Tuvo que hacerlo él mismo. Se encerró en la casa del Bernabé, prendió fuego a la vara y cuando comprobó que ardía, cerró la puerta, dio dos vueltas a la llave y se fue. Nadie más había en la casa, nadie. Pero todos oímos los gritos. Toda la noche aquellos alaridos. Hasta que el sol levantó por encima de la cuesta y el sacristán tocó la mayor, el segundo día de la novena de la Virgen era. Por eso y porque queríamos olvidar el mal sueño de los gritos fuimos a misa todos. Incluso el Argimiro que presumía de ateo estaba esa mañana en misa. Y luego al salir, ¿tú también lo has oído? ¿y tú? ¿tú? Todos.

Fue entonces cuando nos dimos cuenta de la Carlotita. Estaba apoyada en el pretil del puente y tenía una vara en la mano. Es idéntica que la de la Oliva, dijo Florencio. Pero no era idéntica, no, era la de la Oliva. Lo de la luna lo vimos luego, cuando oímos el llanto de la madre y los gritos de Florencio. A la niña le había salido una luna en el cuello. Como Milagros. Como Oliva.

Hasta la Carlotita, tan pequeña que era todavía, lo supo. Nos miraba y sonreía. Sonreía.

EL HIJO DEL HERRERO

Sobre el pueblo de Oruce el viento ulula al llegar la madrugada. Incluso en los días claros de final de primavera, y aún en pleno verano, cuando el aire es transparente y apacible, el viento ulula al llegar la madrugada.

Antes de que el sol aparezca en el límite del horizonte se percibe un eco ronco procedente de El Burgo. El sonido va creciendo pausadamente de manera que, cuando uno se percata, la embestida ha alcanzado el lugar y el rumor se arrastra con la densidad de un cuerpo sólido. Algo que invade todo en derredor. Los lienzos del castillo, que a duras penas se sostienen, parecen más endebles, las piedras amontonadas al pie de las paredes amuralladas, reasientan su precariedad, en la ladera del monte se aprecia una leve vibración, el río apresura su paso en el fondo del cauce encajonado y las calles del lugar parecen más solitarias y desoladas que de costumbre. El ruido asedia el exterior de las viviendas y penetra en su interior sin que nadie haya encontrado dispositivo o ingenio lo suficiente eficaz para impedir que traspase hasta el más recóndito lugar.

- En invierno y verano, haga frío o calor el rugido del viento anuncia la llegada del nuevo día, comentan los forasteros.

- A mí me pone la carne de gallina, admite alguno.

- Yo me desvelo totalmente, confiesa otro.

Los vecinos, sin embargo, no prestan atención a ese fenómeno que tanto llama la atención a los visitantes. Están acostumbrados al ulular del viento y también a los comentarios de extrañeza. Son gente reservada y discreta, nada dados a alharacas. Son también sensatos y realistas. Sostienen que ante el destino es mejor no hacerse demasiadas preguntas. Fatalismo frente a lo inexorable, explica el filósofo de guardia. Las cosas son como son, qué se le va a hacer, aclaran ellos.

El fenómeno se produce únicamente al alba, pero en los últimos años son muy pocos los visitantes que pueden comprobarlo porque pocos son los que se avienen a pernoctar en el lugar. No por la contaminación sonora, sino porque el pueblo ha quedado alejado de los grandes municipios de la provincia, que a su vez han permanecido al margen de las rutas principales del país, en una región convertida desde tiempo inmemorial en lugar de paso fugaz, de tránsito hacia tierras de clima más amable. Un lugar descalabrado a partes iguales por un olvido secular, una caída sin rescate, un descenso sin redención, un ocaso milenario, un círculo infernal sin Dante. Como tantos otros en esta tierra en la que su poeta enamorado sospechaba que hizo senda Caín.

Oruce debe al Cañón de Río Lobos la visita de

los pocos forasteros que se deciden a hacer noche en el caserío. ¡Quién lo iba a decir! Ecoturistas. Gente que un día salió de aquí, o de un pueblo semejante, por disposición familiar o de motu proprio, por razones de trabajo o por causa de los estudios, siempre en busca de una vida mejor. Vecinos hoy de la gran ciudad, sea Madrid o Barcelona, Bilbao o San Sebastián, Zaragoza o Valladolid, cualquiera en los cuatro puntos cardinales.

Individuos de una nueva especie no del todo evolucionada. Hombres y mujeres en cuyos oídos resuenan cadencias de procedencia dispar y en cuya corteza cerebral se superponen capas disímiles. Racimos de haces nerviosos en los que permanecen los ecos primeros de la infancia, efímera y lejana, tenues sonidos de la cuna, rudimentos de autoridad en la resonancia de la voz paterna. Sutiles murmullos del aprendizaje acumulado a lo largo de una vida, la ternura del sonajero, la sorpresa del cascabel en el gato familiar, la aventura del cencerro de los corderos en la proximidad del rebaño, la eficacia en la esquila del burrillo porteador, el sobresalto del tañido de campana en la noche.

Marcas que coexisten con nuevas perforaciones en el disco duro del ordenador mental: la estridencia del monótono despertar diario, el fragor de los sueños perdidos que un día parecieron posibles, el gruñido de la multitud que restriega su soledad al paso apresurado del anónimo acompañante, el estrépito de los coches que dan la talla del triunfo oficial, la murga del duro trabajo cotidiano, el chirrido de la propia vida.

Hombres y mujeres que han enterrado el siglo

veinte con una mezcla de alivio y pesadumbre y han saludado al veintiuno con una mixtura de alborozo y desazón. Que se levantan a diario en tierra extraña y cada día intentan la conquista del suelo que pisan para reconocerse en casa y que les sea reconocida la legitimidad.

Gentes que escapan de la ciudad que los acoge y los excluye, de la casa que quieren y de la que huyen, persiguiendo un susurro conocido que no es otra cosa que la vida derramada. Que siguen el rastro de viejos santuarios templarios buscando respuesta a interrogantes que la humanidad lleva formulando desde el principio de los tiempos, buscándose a sí mismos, acaso. Hombres y mujeres que enmudecen a la vista del Cañón de Río Lobos y se encogen ante la ermita de San Bartolomé, que se refugian a la sombra del recinto abandonado o fotografían los misteriosos canecillos tratando de descifrar su simbolismo. Que sueñan furtiva y fugazmente con acampar de forma definitiva en un paraje como éste, despojados definitivamente de zozobras y sobresaltos. Breve y perecedera ensoñación, un fruto más de la sociedad de consumo.

Ellos son, ecologistas convencidos o domingueros fugitivos de la gran ciudad, los ocasionales visitantes de Oruce. Turistas de paso breve, el tiempo justo de enjugar la melancolía del terruño perdido. Huéspedes eventuales, forasteros asombrados.
- El viento ulula al llegar la madrugada, repiten asombrados.

Los vecinos de Oruce escuchan la observación con la misma indiferencia que oyen los cantos de alabanza a su descansada vida en boca de otros tantos aprendices de Fray Luis cuyos ojos destilan un tufillo de suficiencia.

¡Quién pudiera vivir aquí todo el año, sin ruido, sin contaminación, sin tráfico, sin jefes!, dicen sus palabras. Vaya manera de enterrarse en vida, sin cines, sin híper, sin bares, sin fútbol, dice su mirada.

Ellos, la gente de Oruce y de los cientos de Oruces diseminados por la geografía hispana han visto ya demasiadas cosas para hacer caso de las palabras o molestarse por las miradas. Han visto lo suficiente y saben lo necesario. Conocen, por ejemplo, el origen del fenómeno pero lo refieren sólo en muy contadas ocasiones y únicamente ante un invitado de confianza.

Muy raramente y de mucha confianza. Buena gana de perder el tiempo a lo tonto, me dijo el alcalde, como preludio al relato que sigue:

Según consta en un documento que se conserva en el archivo municipal, en el año 1000, durante una de las últimas expediciones de Almanzor contra las tropas cristianas, que se habían coaligado frente el caudillo árabe, aquéllas fueron derrotadas en la Peña Cervera, cerca de Clunia, la antigua metrópoli romana. Almanzor quiso dejar claro, una vez más, su poder, así en el frente de batalla como en el político, y ordenó a su ejército destruir cuanto encontrara a su paso, fuera aldea, poblado, ciudad o fortaleza.

Conocedores los pobladores de Oruce de que la vanguardia musulmana se disponía a tomar el castillo, decidieron abandonar de noche la fortaleza y ponerse a resguardo en una de las cuevas que el río Lobos ha excavado en la roca, hasta que pasara la expedición. En esa oquedad, sólo conocida por los naturales de la comarca, habían buscado defensa los lugareños de cualquier ataque o amenaza exterior, fueran los moros de Almanzor o las levas del conde cristiano. Así lo hicieron también en esta ocasión. Familias enteras, hombres, mujeres y niños, marcharon sigilosamente, siguiendo el curso del río.

Aún no habían alcanzado su refugio cuando oyeron retumbar el tambor de Almanzor, aquél que habría de perder definitivamente dos años después en Calatañazor. Cuando al fin se hubieron acomodado en la Cueva de San Bartolomé el alcaide que los había dirigido preguntó, por pura rutina, si estaban todos.

- No encuentro a mi hijo, dijo el herrero.

El hijo del herrero había nacido sordo y, aunque nunca fue capaz de articular palabra había aprendido a entender las conversaciones ajenas. Sabía cuando tenía que ir a por agua, cómo debía mantener vivo el fuego de la fragua, cómo golpear el hierro. Desde niño, había desarrollado un rudimentario lenguaje gestual para hacerse entender, tengo hambre, vamos a jugar, voy al río, del mismo modo que aprendió a obedecer las órdenes que le daban. Pero aquella noche, con el sobresalto de la huida, todos olvidaron darle el aviso oportuno y el mudo permaneció dormido mientras los demás se ponían a salvo.

Al llegar el día, cuando la avanzadilla musulmana tomó el poblado abandonado solo lo encontraron a él y en él tomaron su venganza. Los vecinos refugiados en la cueva lo comprendieron al oír sus alaridos. Desde entonces, los visitantes, sobrecogidos, se quejan de que en la madrugada el viento ulula sobre el castillo.

Sólo en ocasiones, cuando el visitante es de confianza, los vecinos aclaran: no es el viento, es el grito del hijo del herrero...

ESTEBAN

Cuando al fin enterré la pequeña caja de música en la tierra de la plaza, todavía removida, y conseguí sosegar el galope de mi corazón, me dejé llevar por los recuerdos. Nunca como entonces había sentido con tal firmeza la proximidad de los seres queridos. Nunca hasta ese momento había comprendido con tanta evidencia que el amor es lo único que hace real nuestra vida.

Diez horas de viaje antes de encontrarme intentando abrir una puerta atrancada, en un pueblo de treinta almas, sobresaltadas con la presencia de un coche no identificado. No necesitaba volver a mirar para saber que no había nadie en la plaza, tampoco para advertir que estaba siendo silenciosamente interrogada detrás de aquellas ventanas. ¿A qué habrá venido la nieta mayor?, se estaría preguntando el vecindario. Lo mismo que me preguntaba yo.

Me enteré por el periódico. A la biblioteca donde trabajo llega una suscripción del Diario, que yo suelo hojear durante el café de media mañana, antes de que sea colocado en la estantería de lectura. También aquel día me dispuse a leerlo con tranquilidad. Una foto y un breve pie. Me estremeció. "Se ha muerto el olmo de Casanova".

Dicen que ha sido la malilla, me dijo el cura cuando le llamé la semana pasada, pero el caso es que se murió de repente. Una mañana, venía desde Peñaranda a decir misa y me encontré que se había muerto del todo.

No era sentimentalismo como diagnosticó mi madre cuando le comenté la noticia. Mira que eres sensiblera, el árbol era más viejo que la torre de la iglesia, algún día se tenía que morir. No es sentimentalismo, me había venido repitiendo durante el viaje. Era una especie de investigación ¿No había sesudos científicos analizando las relaciones entre contaminación y sequía? ¿Por qué no iba yo a estudiar las razones por las que se había muerto aquel olmo? Especialmente quería saber por qué se había muerto en este momento.

El periódico era lo suficiente explícito. "*Los pocos vecinos que aún quedan en Casanova no pudieron por menos de sorprenderse cuando el pasado día 16 se encontraron seco el olmo, que durante décadas ocupó el centro de la plaza. Aunque en los últimos tiempos se apreciaba un envejecimiento del árbol, afectado por la grafiosis como tantos otros de la comarca, no se tenía conocimiento de que la muerte pudiera producirse de manera tan súbita y fulminante*".

Eso era justamente lo que yo quería saber, la razón por la que el árbol había muerto de forma súbita y fulminante. Después de todo, me decía, tengo una especie de deuda con él por haber aliviado tantas sofoquinas veraniegas. Por haber acogido las inocentes ensoñaciones infantiles o haber resguardado mis primeros coqueteos.

Su sombra cobijó mi primer amor adolescente, aquellas citas que se pretendían furtivas con Paquito, el chico más guapo y audaz de entre los que veraneaban en el pueblo. Parece que el Paquito anda mucho detrás de ti, comentó mi madre un día durante la comida. Tan evidente era que el chico zascandileaba en derredor como que a mí me gustaba que lo hiciera. Tenía yo catorce años, acababa de aprobar la reválida de cuarto con sobresaliente, y me encontraba fascinada por el desparpajo del chaval. Pero aquel día, en la mesa, la abuela contestó con una aspereza inusual en ella. Por mucho dinero que tenga su padre, no dejará nunca de ser un estraperlista. Ninguna de mis nietas debería andar con esa gente, dijo.

La abuela era una mujer tan respetuosa con todo el mundo, tan tolerante con los defectos ajenos, que nunca se me había ocurrido pensar que guardara prevención contra alguien. Además, la palabra sonaba terrible. Por alguna suerte de asociación, me traía el eco de un tiro perdido, de aquellos que en la guerra salían al atardecer de las trincheras en las historias que ella acostumbraba a relatar por la noche, en la sobremesa de la cena. Estas cosas no son para que las escuchen los niños, rezongaba mi madre cuando la abuela se refería a las venganzas tribales durante la contienda civil, mientras yo me esforzaba en fingirme dormida. Pero la abuela tenía una habilidad tal para contar cuentos que también mi madre acababa desentendiéndose de mí, subyugada por la narración. Sin embargo, cuando dijo estraperlista su voz resonó como una maldición. Son gente sin escrúpulos, que dejan morir a un hombre con la frialdad de un asesino, añadió luego.

Comprendo que al Paquito no le alcanzaban las culpas de su padre, pero desde aquel día dejó de interesarme totalmente. En cuanto al estraperlista, lo reencontré en los periódicos en plena transición democrática. Había sido procesado como responsable del hundimiento de un edificio levantado con materiales defectuosos, que había ocasionado varias víctimas. Para entonces la palabra estraperlo había pasado a mi diccionario particular de inmoralidades. Quizá también fuera por aquella época cuando supe que el abuelo, que murió a los treinta y cinco años a poco de terminar la guerra, se hubiera salvado de haber tenido el dinero suficiente para comprar la medicina que indicó el médico, disponible sólo en el mercado negro. Cuando la abuela consiguió vender la tierra de Carremolino era demasiado tarde.

Decididamente, estaba en deuda con el olmo. Así que decidí venir. Toda la noche conduciendo, escuchando aún la cantinela de mi madre, mientras atravesaba la negra paramera de los Monegros. Mira que estás loca, todo por un árbol más viejo que la orilla del río. Sin embargo, al llegar a la plaza me preguntaba qué pintaba allí. Como explicaría en el pueblo mi presencia. ¿Diría, he leído en el periódico que se ha secado el olmo y quiero saber por qué? Si al menos tuviera la excusa de visitar la tumba de la abuela... Pero ni siquiera.

Sé que ella tenía que descansar en el pueblo. Lo dije cuando la vi amortajada con el vestido negro de paño que se había puesto en las bodas de los nietos. Para las bodas y para la tumba, había dicho cuando se casó mi primo Vicente, el otoño anterior. Anda ya, abuela, que siempre estás con lo mismo, le contesté. Acuérdate bien de lo que te digo, quiero que me entierren con este vestido, insistió.

¿Por qué no la damos tierra en el pueblo? La abuela siempre quiso quedarse en Casanova, porfié. Ya no tenemos a nadie allí, coincidieron los hijos, mi madre la primera. Así que la enterraron en Barcelona, a pesar de cuánto lo detestaba la abuela. No, no digo bien, ella lo que detestaba era que la hubieran sacado de Casanova. Se negó a marcharse mientras pudo, y sólo por culpa de aquella operación consiguieron que se quedara en la ciudad. Cuando los hijos decidieron que no volvería al pueblo, lo aceptó en silencio porque se encontraba demasiado desvalida para viajar por sí misma. Cualquier día os levantáis y no me encontráis, amenazaba tibiamente cuando se encontraba mejor, me vuelvo a mi casa y tan ricamente. Dónde vas a ir que mejor te vaya que conmigo, la consolaba yo, mientras comprobaba cómo se le volvían más cristalinos los ojos.

La abuela se había negado siempre a llorar. Contaba con naturalidad que su felicidad se acabó con la muerte del abuelo, pero raramente se refería a lo dura que había sido su vida. Cuando lo hacía, entreveraba anécdotas divertidas o tiernas, como cuando mi madre se empecinaba en meterse toda ella debajo de la fuente de la plaza, para lavarse las manos. Al cabo de los años había alcanzado a domeñar su dolor hasta sustituirlo por una serenidad que la hacía particularmente hermosa, incluso en su vejez. Era, además, sumamente divertida e ingeniosa.

Pero había llorado cuando supo que iban a

sacarla de Casanova. Terminaba agosto y los veraneantes empezaban a preparar el retorno, con esa mezcla que nos era familiar, de urgencia por volver al escenario cotidiano y desazón de abandonar el paisaje tribal. Se había sentado a la puerta de la casa familiar, esperando la caída de la tarde cuando dijo, no me encuentro bien, súbeme a la habitación. Me inquieté porque era la primera vez que la oía pedir ayuda.

- Abre, hija, que quiero ver el olmo, dijo cuando ya entraba la noche.

Abrí la ventana y vi cómo la abuela miraba el árbol con ojos de mujer enamorada. Lloró durante largo rato, silenciosamente, pero había tanto dolor en aquella mirada, que tuve la certeza de que se estaba despidiendo de algo muy querido.

Luego todo discurrió rápidamente, como en las secuencias de una vieja película. Una ambulancia la trasladó al hospital de Barcelona, donde durante tres meses estuvo en la UVI peleándose con la muerte. Peleándome con la vida, dijo ella luego. Cuando ya nadie confiaba en que superara aquella agonía, le colocaron un marcapasos y volvió a casa. Funciono con pilas, como las radios, solía decir.

El cura llegó al día siguiente. No sé por qué tanto con el árbol, hasta el fotógrafo del periódico vino y lo sacó en el Diario, se quejó. Más vale que se preocuparan un poco de la gente que vive aquí. Lo mismo te digo a ti, que a este paso os vais a dejar caer la casa. Ya no venís como cuando erais pequeños y así estamos, me regañó, como lo hacía de niña. El pueblo es el que se está muriendo, a ver si os esteráis. ¿Sabes cuándo bauticé al último crío? Hace diez años. Al mes siguiente sus padres se fueron a vivir a Aranda. Va para ocho que no caso a nadie. Miento, he casado a dos parejas. Al chico mayor de tu tío, que desde entonces no ha vuelto por aquí y a tu prima la de Bilbao. Por cierto, maja, a ver si te decides tú también y puedo casarte antes de que me jubile el obispo.

Tenía razón el cura, la casa de la abuela estaba abandonada. La cocina había perdido aquel aire de hogar que a mí tanto me gustaba y el resto de habitaciones desprendían un lacerante olor a cerrado, a huida. Desde la ventana de la habitación de la abuela el vacío del árbol parecía una herida de guerra en la piel de la plaza. El olmo, que era su refugio favorito mientras vivió en el pueblo, se había convertido en una obsesión desde que llegó a Barcelona.

- Como tu abuelo era forastero andábamos con más miramiento para caer bien a la familia, así que mientras las otras parejas iban a la ribera del río, nosotros nos quedábamos en la plaza. Luego, cuando se hacía la hora de volver a casa, él se sentaba bajo el olmo y yo lo veía desde la ventana, salmodiaba una y otra vez.

Hablaba de aquel árbol permanentemente, de la soledad en que se hallaría, de su tristeza. Yo tenía que estar en mi casa junto al olmo, decía a veces. Tanta insistencia llegó a inquietar a los hijos, que consultaron con el médico. Un principio de demencia senil, resolvió el especialista.

Y eso que, últimamente, la abuela, comprendiendo quizá más de lo que daba a entender, se limitaba a hablar conmigo. En las últimas semanas, cuando parecía ausente, me repetía una cantinela extraña. El día de la boda, relataba, cuando estaban ya los invitados de las dos familias en el pueblo, tu abuelo me llevó al olmo y me hizo un regalo. Una caja de música con una carta. Cuando la leí, el abuelo metió el papel dentro, cerró la caja, cavó un hoyo entre las raíces del árbol y la enterró. El olmo sabe bien lo que dice la carta. Allí estará todavía. Terminaba siempre con las mismas palabras: allí estará todavía.

Sentí el sofoco en la cara al tropezar con un objeto duro, pero seguí escarbando con cuidado hasta desenterrarlo. Agachada como estaba, el corazón me golpeaba en la espalda. Era una cajita. Tardé un rato en abrirla, mientras acariciaba la madera como tantas veces había hecho a la abuela, pasando suavemente mis dedos sobre su mano. Siempre me había sorprendido que sus manos mantuvieran una tersura impropia de su edad. Setenta años bajo tierra, ¿qué podría guardar?

Fue la malilla, había dicho el cura. No se tenía conocimiento de que la muerte pudiera producirse de manera tan súbita, decía el periódico. Pero el árbol había muerto el mismo día que la abuela. Volví el papel a la caja y la cerré de nuevo. Calló la música. Cuando sentí que el corazón se me iba sosegando, me arrodillé en la tierra que había guardado el secreto familiar, repitiendo las palabras de la carta. "Mientras me quieras, viviré para ti, protegiéndote como el olmo. Esteban".

SAN PEDRO DE TEJADA

De San Pedro de Tejada lo que más me admira es el magnífico estado en que se conserva esta pequeña joya del románico, equilibrada en sus proporciones, primorosa en su ornamentación.

La primera vez que estuve y siempre que vuelvo, tengo la sensación de hallarme ante una obra recién concluida, pero cuando en una ocasión expresé este pensamiento en alta voz, la guía me explicó que la fundación atiende puntualmente su conservación y buen estado, dentro de las limitaciones presupuestarias propias de estas instituciones sin ánimo de lucro. Durante un tiempo, también yo creí que esa era la razón por la que San Pedro de Tejada se me apareciera tan pulcra. Hasta que un 25 de mayo conocí la otra verdad.

El camino que le separa de Quecedo de Tejada es corto y no mal cuidado, de manera que acercarse a pie hasta el lugar resulta todavía un agradable ejercicio, máxime si el paseo se realiza al levantar el día, cuando el sol de primavera acaricia tibiamente el valle. La tierra estaba blanda de lluvias recientes y la hierba lamía con suavidad mis tobillos, cuando alcancé la diminuta planicie. Había elegido una hora tan temprana con la esperanza de disfrutar a solas la visión de aquel edificio que ejercía sobre mí una suerte de fascinación. De ahí mi contrariedad al descubrir que alguien se me había adelantado. Tardé un tiempo en advertir su presencia. Como solía hacer al llegar a San Pedro, me había recostado en el muro que rodea la iglesia, embelesándome con su torre, tan airosa y tan sólida. Estos templarios, me repito, bien sabían donde se instalaban. Porque Tejada tiene, además de una iglesia tan hermosa, un no sé qué de mágico en derredor. Impresión que, de otro lado, creo percibir, y acaso sea una sugestión inducida, en todos aquellos monasterios que un día acogieron a los caballeros de la Orden del Temple. ¡Ah, la sabiduría de los templarios!

En un principio me sobresaltó. Era un hombre joven que caminaba lentamente, sosteniendo en una mano un escoplo mientras la otra acariciaba el muro grueso y desdentado que se levanta a corta distancia de la cara norte de la iglesia. En un momento dado, dejó la herramienta en el suelo y apoyó ambas manos en una hendidura en la pared, acercó el rostro a la piedra, y así permaneció durante un rato, aparentemente ensimismado en sus meditaciones. Cuando se alejó del muro me pareció un ser profundamente abatido. Luego se encaminó hacia la puerta de la fachada oeste y desapareció de mi vista. Supuse que había entrado en la iglesia y que se trataba de alguien relacionado con la fundación o con Bellas Artes, entidades responsables del mantenimiento del edificio, y esperé que volviera a salir para preguntarle detalles de su trabajo. Cavilé la forma en que podría entablar conversación con él. Le preguntaré, me dije, cómo es posible que Tejada se conserve tan lozana. Me parecía una excelente oportunidad de hablar de San Pedro y de los símbolos de los templarios, que era lo que de verdad me interesaba.

Esperé toda la mañana en vano. La puerta no volvió a abrirse ni se apreció presencia alguna en el interior aunque escudriñé repetidamente hacia los arcos de la torre y a través de la puerta acristalada del norte. Ni un ruido, ni una sombra. Se habrá quedado dormido, me dije. Todavía me entretuve un rato jugando con la grama, hasta que decidí despertarle si era preciso antes que desaprovechar la oportunidad de conocer al cuidador de Tejada. Entonces me percaté de que la puerta oeste no sólo permanecía atrancada con un grueso cerrojo, sino que éste y la cerradura se encontraban cubiertos de un polvo espeso. Indudablemente, aquella puerta no se había abierto en mucho tiempo. Estaba totalmente confundida. ¿Quién era aquel hombre? ¿Qué estaba haciendo en Tejada? ¿Dónde se había metido? ¿Sufría yo una alucinación?

El sol frisaba el cenit cuando retomé el camino de Quecedo dejando San Pedro de Tejada en su asidua soledad. Entre el grupo de mujeres, que sostenían animada charla en torno a la fuente del pueblo, se hizo un sólido silencio al advertir mi presencia, mientras la ermitaña se adelantaba hacia mí.

- No vendrá usted de San Pedro.

Había tanta sorpresa en su negativa-afirmación que yo misma me inquieté.

- ¿Cómo se ha atrevido?, insistió aún mientras sus compañeras me observaban con idéntica curiosidad.
- ¿Les ha visto?, inquirió una voz del grupo

179

mientras la mujer que parecía mayor me miraba con indisimulada reprobación.

Nadie en los últimos siglos se había acercado al lugar el 25 de mayo, me dijeron atropelladamente.

- Nuestras abuelas, contó la guía, todavía alcanzaron a leer un libro en el que se relataba por qué Tejada se conserva como si lo acabaran de abandonar los caballeros del Temple, y de ellas lo hemos aprendido todas las mujeres del pueblo. En ese libro se indicaba cómo el año de 1310 había sido nombrado gran maestre de la Orden don Juan de Velasco, señor de Valdenoceda, casado con doña María de Haro, mujer de gran belleza, poderosa y brava. Enseguida, los caballeros de Castilla fueron convocados a una de las últimas expediciones en defensa de la tierra palestina, acudiendo don Juan y con él un grupo de nobles, entre quienes destacaba ya el joven Guillermo de Tartalés, prometido de doña Orieta de Rojas. Especialmente dolorosa fue la despedida entre ambos amantes pero antes de partir, con la aquiescencia de don Juan, el de Tartalés prometió a su amada que para ella sería el más hermoso de los anillos que los expedicionarios capturaran a los moros en la Tierra Santa.

Se estrenaba la primavera del año 1312 cuando los caballeros retornaban a la torre de Valdenoceda, cargados con el abundante tesoro conquistado a las tropas de Mulik Almudin. Allí les esperaban, entre otras damas, doña María de Haro y la joven Orieta de Rojas para quien Guillermo traía, en efecto, un valioso anillo de desposada. Al verlo la de Haro reclamó el privilegio de escoger entre las joyas del botín por su condición de esposa del gran maestre. El de Tartalés, empero, hizo valer la promesa de don Juan y éste hubo de admitir que aquél era el anillo de Orieta. Doña María consideró el incidente una afrenta y desde aquel instante buscó la hora de su venganza.

Dos días después de la boda de Orieta y Guillermo, el caballero de Tartalés fue enviado por el gran maestre general para defender a la Orden de las acusaciones de alta traición hechas por la propia Inquisición. El 25 de mayo de aquel triste año de 1312 se conoció en el Valle de Valdivielso la bula papal que decretaba la excomunión de todos los caballeros templarios. Antes de emprender la huida que habría de convertirles en proscritos, muchos de los nobles se cuidaron de trasladar a lugar secreto buena parte de los tesoros que, al suscitar tan grande envidia, habían contribuido a su desgracia final.

Doña María, en cambio, sólo pensó en dar cumplimiento a su venganza y, mientras se aprestaba a partir al exilio, maquinaba la forma de dar muerte a la joven Orieta y apoderarse del anillo. Conocedor el de Velasco de la fatal sentencia, ordenó que la joven esposa fuera emparedada en el muro del monasterio lindante con la fachada norte de San Pedro de Tejada dejando entre las piedras un pequeño orificio por donde pudiera recibir alimento. Temeroso de enfrentarse a su mujer en momento de tan extrema gravedad, intentó el último gran maestre de Castilla ganar tiempo al destino, en la esperanza de que Guillermo alcanzaría a volver a tiempo para liberar a su amada.

Refieren las crónicas del Temple que Guillermo de Tartalés fue ejecutado con otros muchos de sus hermanos templarios sin que ninguno tuviera oportunidad de defenderse. Afirman estos anales que, conocedor el gran maestre general del triste final de los amantes, antes de morir concedió a la infeliz pareja el privilegio de unirse en la torre de San Pedro de Tejada cada 25 de mayo, cuando en el Valle de Valdivielso se estrena la primavera.

Son muchos desde entonces quienes aseguran haber visto en la pequeña iglesia románica a Guillermo de Tartalés, convertido en su más fiel custodio y guardián. Defienden quienes creen estas cosas que, emparedada en el muro que aún se sostiene junto a la iglesia, desafiando al desamparo del tiempo, permanece Orieta de Rojas.

Refieren en el Valle que cuando en las noches de invierno el aire toma el camino de Valdivielso arrastra consigo no sólo las voces de quienes hoy pueblan este privilegiado territorio y las oraciones de quienes en otro siglo hallaron aquí sosiego de espíritu, sino también el suspiro de Orieta por el caballero desterrado. Mantienen que cada 25 de mayo al caer la tarde se oye el tañido triste de una inexistente campana y algunos atestiguan que esa noche, si hay luna llena, es posible distinguir en la torre la sombra blanca de Orieta en los brazos del caballero de Tartalés. Y saben los vecinos del valle que en el amanecer del vigésimoquinto día de mayo el primer rayo de sol que acaricia Tejada se introduce sabiamente a través de una hendidura de la piedra en busca del anillo que Orieta conserva en su dedo. Una ley no escrita proscribe a los vecinos del lugar acercarse ese día a Tejada para mejor proteger la soledad de los amantes, pero las mocitas del valle madrugan buscando a lo lejos el fugaz resplandor que sale del muro. De sus madres y abuelas aprendieron que quien alcance a verlo, conocerá ese año el amor.

EL TÚNEL DE IRATI

Muchas veces había transitado por esta carretera y otras tantas, había reconocido el indicativo que señala la entrada a la foz. Pero este otoño, cuando decidí entrar, encontré que el camino estaba cortado por obras de acondicionamiento del firme. Una zanja de varios metros de profundidad disuade de cualquier tentativa de burlar la prohibición.

Vuelvo a la carretera y decido entrar por el interior, desde el pueblo. El camino está bien señalizado y conduce directamente a la entrada de la reserva natural. En una caseta de madera, un guarda ofrece información turística y cobra por el aparcamiento obligado del coche. De mi coche, para más exactitud, que es el único en todo el recinto.

El hombre gasta el tiempo que le deja la falta de visitantes leyendo. Me muestra una revista. ¿Usted ha oído algo así? Dice aquí que quien mata a alguien no puede descansar hasta que recibe el perdón de quien mató. Y lo mismo pasa con la víctima, que no descansa hasta que no perdona a quien lo mató, explica.

En qué cosas pierde el tiempo la gente, pienso, mientras el hombre se extiende en pormenores de su lectura Me viene a la mente el verso del Tenorio, *un punto de contrición / da a un alma la salvación*, y estoy tentada de preguntar en qué momento administra la víctima el perdón si está difunta pero no quiero darle carrete al hombre que lo que está pidiendo es charla. Yo es que soy poco creyente, le aclaro. Oiga, que esto no es una cuestión de fe, es una teoría científica, insiste. Ya, pues tampoco estoy muy puesta en temas científicos, respondo.

Es una tarde esplendorosa de sol con una ligera brisa que apenas logra mover una nube lejana. Sobre el cielo azul se recortan bandadas de buitres que ejecutan una danza cuyos compases solo ellos conocen.

Pregunto al guarda cuánto se tarda en recorrer la garganta.

- Son dos kilómetros seiscientos metros. Unos cuarenta minutos entre ida y vuelta, si no hace muchas paradas en el camino, responde.

- ¿Viene mucha gente a la foz?, insisto.

- El pasado fin de semana, como fue puente, se juntaron mil coches por lo menos, pero en día de diario, no, me informa.

La foz, garganta o desfiladero está limitada por sendos túneles de manera que tanto si se accede por el interior como si se llega desde la carretera hay que atravesar previamente la roca horadada. Desde la claridad soleada de la tarde, los ojos tardan en acostumbrarse a la oscuridad del pasadizo; hay que caminar con cuidado para no tropezar en las rugosidades del terreno pero, cuando se sale de nuevo a la luz, el paisaje es majestuoso. El río se abre paso entre dos murallas de piedra que se elevan al cielo, en algún tramo con una altura de hasta cien metros. En las oquedades del roquedal anidan buitres y alimoches. Varias parejas de estas rapaces otean desde los picos más altos y, de vez en cuando, se lanzan en picado y pasan en vuelo rasante, muy por encima de mi cabeza.

El camino, de tierra blanca, es amplio y cómodo y el trayecto se realiza sin dificultad. A ratos, el río desaparece entre el ramaje que cubre las riberas; en algún tramo se remansa en pequeños lagos azules o verdes, según la profundidad del agua y la inclinación del sol. Nadie me acompaña en la travesía. Es una suerte poder viajar cuando los demás trabajan.

Poco antes de llegar al segundo túnel, el desfiladero se abre y el río hace un meandro, buscando ya la salida al valle. Aquí fue, pienso. Este paraje que recorro tranquilamente fue testigo de un suceso que ha quedado pegado lastimosamente a la toponimia del lugar.

A mediodía de un día soleado, una pareja de la guardia civil realiza una patrulla en la foz para prevenir los robos de los que eran víctimas los visitantes extranjeros. Al llegar, observan a un individuo en el río. Un guardia se acerca para identificarle y, cuando está a su altura, recibe varios disparos que le causan la muerte. Su compañero solicita refuerzos que llegan casi una hora después: efectivos del Grupo Antiterrorista Rural, un helicóptero, perros de rastreo... Evacúan al guardia muerto y, tras ocho horas de búsqueda, encuentran a un hombre malherido por varios disparos. Al caer la tarde se interrumpe el rastreo y se blinda el acceso al desfiladero.

A la mañana del día siguiente, cerca de donde el día anterior se había encontrado al herido, aparecen los cadáveres de dos personas –un hombre y una mujer- con disparos en la cabeza.

La versión oficial sostuvo que los muertos decidieron suicidarse al verse acorralados, contando para ello con la ayuda del herido. El tribunal que juzgó estos hechos absolvió a éste –que alegó amnesia- de tal acusación. Otras voces han venido sosteniendo que la pareja fue torturada antes de morir. Vecinos del entorno afirman haber oído disparos aquél día y también haber visto pasar a un vehículo que huía a gran velocidad.

Cualquiera que sea la verdad de lo acaecido, en este lugar perdieron trágicamente la vida tres personas, y la evocación de aquellos hechos, que tuvieron una gran resonancia en su momento, produce un estremecimiento de pesadumbre.

Deposito tres piedras en la orilla, en memoria de los tres muertos, y me encamino hacia el túnel para finalizar el recorrido, antes de volver sobre mis pasos hasta el aparcamiento.

Debería haber traído una linterna, pienso, al segundo tropezón dentro del túnel. Me pego a la pared para evitar en lo posible el firme rugoso de este tramo y trato de orientarme con la escasa luz que penetra por la entrada que he dejado a mi espalda. Un trecho más adelante, distingo unas sombras que hacen ya el camino de retorno. Cuando se aproximan, me percato de que es una pareja que camina por el centro de la gruta. Serán vecinos del pueblo, que conocen el terreno, pienso.

- Buenas tardes, digo cuando llegan a mi altura.

No me responden. A estos vecinos no les gustan las visitas, me digo para justificar su descortesía.

Un poco más adelante distingo por fin la boca de salida. Cuando vuelvo a la luz, el paisaje ha cambiado absolutamente. De frente, aparece el trazado de la carretera y algunos montones de tierra, indicadores de las obras. La roca en la que se ha horadado el túnel oculta totalmente la garganta. Podía haber dado la vuelta antes del túnel y no me habría perdido nada.

Vuelvo sobre mis pasos. Entro en la oscuridad y me acerco a la pared para evitar nuevos tropezones. Camino lentamente a la búsqueda de la luz de salida. Tan enfrascada voy que no me percato de que venía alguien de frente hasta que no pasa junto a mí. Joer, qué susto. Si no llego a ir por la orilla me doy con él. Creo que es un hombre pero esta vez no abro la boca.

Salgo de nuevo a la luz y vuelvo a contemplar las paredes escarpadas. Los buitres continúan sus vuelos en lo alto. Se oye el graznido de algún ave que no identifico. No se ve un alma en el camino.

Por fin llego al aparcamiento.

- Se ha entretenido usted, me dice el guarda, porque ha tardado hora y media.

Miro el reloj y compruebo que tiene razón, ese es el tiempo que he tardado.

- He ido paseando, me justifico, aprovechando el sol de la tarde.

Parece que el hombre no tiene mucho trabajo y se entretiene cronometrando a los visitantes.

- ¿He hecho mejor o peor tiempo que los otros?, le pregunto.

- ¿Qué otros?, inquiere él.

- La pareja que se ha cruzado conmigo en el túnel,

respondo. Y aún queda otro que tiene que estar al llegar.

Observo que el hombre palidece.

- Esta tarde no ha entrado nadie en la foz más que usted, dice por fin.

- Habrán entrado por otro lado pero, casualmente en el segundo túnel, yo me he cruzado primero con una pareja y luego con otra persona, que creo que era un hombre, reitero.

- No hay otra entrada, balbucea él.

Estoy a punto de responder que yo sé bien lo que he visto cuando, apenas con un hilo de voz, me explica:

- Son ellos, ¿sabe?, los que murieron ahí dentro, que no se han perdonado...

LA AUSENCIA

Los inviernos en la meseta no eran una estación, eran una forma de vivir. Amanecía lentamente. Una mano invisible y perezosa descorría suavemente las cortinas de la noche y la claridad conquistaba el espacio. Así íbamos recuperando nuestro mundo cotidiano, escondido tras la oscuridad. Mirabas por la ventana y allí estaba el corral y enfrente la huerta, junto al río, y enseguida las tierras de labor y un poco más allá el camino. A lo lejos, la ermita y en una linde indefinida, confundida con el horizonte, el pinar.

Con frecuencia, tras el vaho del cristal encontrabas una sábana de nieve. Como en las viejas casas, abandonadas temporalmente o sólo usadas en vacaciones, donde los muebles son cubiertos por lienzos raídos, la nieve cubría el pueblo y las tierras, dejando entrever, en desgarros de piedra, algunos tejados, las tapias de los corrales y, coronando la cuesta de la iglesia, la fábrica románica de San Román.

La nieve era entonces un fenómeno asiduo, inevitable y connatural en la estación. Nunca faltaba a su cita, ni se hubiera entendido el invierno sin su visita. Algunos años las precipitaciones eran particularmente intensas. Se cubrían totalmente los tejados, el camino quedaba impracticable, desaparecían las tierras, se perdía la ermita y el horizonte, la escuela cerraba y las familias permanecían durante días en encierro obligado, reunidas en torno al hogar. Si resultaba imprescindible, el hombre de la casa se aventuraba a buscar provisiones o leña, o a la bodega. Las primeras pisadas se hacían sobre mullido y la nevada parecía de algodón. Pero a medida que la marcha se alargaba el calzado se empapaba de humedad, el suelo se endurecía y los hilos del frío tejían entre los zapatos y la tierra una manta que pesaba hasta hacerse insoportable.

El hielo, cuya presencia transformaba el pueblo en una isla perdida en la meseta, y el lobo, como aparición casi sobrenatural, dominaban las conversaciones y los miedos familiares. La helada era un riesgo real, conocido, tangible, cuantificable. Ocurría a veces, sin avisar, y suponía la ruina de la cosecha y un año de escasez en la economía doméstica. La más temible era aquella que aparecía en las noches de luna llena, una helada seca que petrificaba durante días el terreno, y quemaba las entrañas de la tierra.

El lobo era una advertencia intangible, imprecisa, pero tan real y conocida como el hielo. El lobo era un trasunto del invierno, familiar al paisaje, pero también un patrimonio local que se transmitía de generación en generación. Un indicativo del devenir del tiempo. Siempre, cualesquiera que hubieran sido las vicisitudes exteriores: invasiones, guerras, hambrunas, el lobo había acudido a su cita con los hombres del pueblo. Aparecía de pronto, tras una tapia, en un recodo de cualquier camino, su silueta de macho fuerte y poderoso, las patas firmemente afianzadas, la cabeza enhiesta, el hocico oteando el aire.

A decir verdad, el lobo era la única constante histórica del pueblo. En los últimos trece siglos, desde el primer asentamiento vaceo, todo en el pueblo había sufrido cambios sucesivos, de manera que era difícil señalar cual era su seña de identidad, su código comunitario. A los vaceos les sucedieron los arévacos, éstos fueron empujados por un pequeño grupo musulmán segregado de Mahamud, cuyos descendientes fueron a su vez expulsados por los repobladores castellanos, recién estrenado el siglo X. Los árabes arrasaron el castro arévaco con su dolmen votivo, los castellanos demolieron la pequeña mezquita y, en su lugar, sobre la cuesta de Mirabueno, levantaron una hermosa iglesia románica, que aún perdura. Aquel asentamiento ha conocido momentos de esplendor, con una población abundante, de hasta un millar de vecinos, y una economía floreciente, ligada siempre a la agricultura de secano, seguida de decadencias de distinto signo.

El último no ha sido un buen siglo para el pueblo. Cuentan que la gripe del 18 se llevó a veinticinco almas, algunos viejos, pero la mayor parte niños. Por entonces también la filoxera arrasó casi todas las viñas. La guerra del 36 empujó al exilio a algunos vecinos. Bajas, en cambio, hubo pocas porque la mayoría de los mozos tuvo la suerte de quedar en la retaguardia.

Con todo, lo peor para el pueblo ha sido el desarrollo industrial. Desde los años sesenta, la llamada de las fábricas vascas primero, y de la capital enseguida, han sido más demoledoras que la guerra. Hoy apenas quedan en el pueblo una docena de casas abiertas, habitadas la mayoría por viejos que resisten numantinamente la confortable invitación de la capital. La escuela cerró en 1979. Al curso siguiente un autobús pasó cada mañana a recoger a los niños para trasladarlos a Lerma. Los devolvía a la caída de la tarde, anochecido en invierno. Siguió haciéndolo tres años más. Luego ya no fue necesario. Hace mucho tiempo que no queda ningún niño en el pueblo.

En todo este tiempo, el lobo ha seguido bajando. Parece un sarcasmo pero, de todos los vecinos, ha sido el más fiel a su cita con la memoria del pueblo.

De alguna de sus incursiones, y de las consecuencias que de ella se han derivado, ha quedado constancia documental. En el libro de la iglesia correspondiente al año 1811 se relata que la vecina *"Elodia Carcedo volvía el día 20 de febrero por el camino que viene de Presencio, como usaba hacer tres veces a la semana para proveer de leche y carne a su madre, que residía en dicho término, y, siendo el día claro, hallándose a la vista de la torre de San Román creyó sentir cerca de sí ruido de pisadas. Y dice que tomó entonces el camino de Villacisla para aguantar más, por temor a ser asaltada, y que en todo momento sintió la proximidad de los pasos. Estando a la altura de la era de Francisco Tomé creyó haber tomado distancia de su seguidor por no oír más ruido que el de sus propios pasos.*

Volvióse para comprobar que así era cuando en la linde de la susodicha era vio sin ninguna duda un lobo macho quieto sobre la tierra. Y que así quedaron ambos largo rato, ella porque el miedo le dificultaba dar un paso y el lobo porque no quiso hacerla mal alguno. Según confirma la vecina ante vecinos principales de este pueblo y ante mí, el párroco. El antedicho Francisco Tomé añade que, advertido del hecho por la dicha vecina Elodia Carcedo, alcanzó a ver huellas que bien podían ser de lobo, entre la era y el término de Borros pero que no pudo ver animal alguno. Y Marcial Gómez, vecino y alcalde del pueblo, añade que si bien puede ser extraordinario que la vecina Elodia Carcedo haya sido salva, no lo es la presencia del lobo, hecho frecuente en este término, no teniéndose noticia de su aparición en otros pueblos de la comarca".

Porque eso es lo que hace su presencia realmente singular, que esta no es tierra de lobos y que nadie en los pueblos de alrededor recuerda haber visto jamás un animal así en sus inmediaciones. Sólo en el pueblo. Indefectiblemente, de generación en generación.

El abuelo Paco se lo encontró una vez. Ocurrió cuando se anunciaba la primavera del 34. Un año fatídico aquél, contaba el abuelo. A lo de Asturias siguió el indulto de Sanjurjo y luego la muerte de Gregorio, un pastor que había llegado a casa en vida de su padre y se quedó aquí toda la vida. Y a primeros de junio cayó una helada húmeda que terminó con la cosecha. Lo del lobo fue a primeros de marzo, el día 3, para hablar con propiedad, decía el abuelo.

Era el primer año que trabajaba sus propias tierras. Hasta entonces lo había hecho para la hacienda familiar pero cuando se casó, en septiembre del año anterior, su padre le dio cincuenta fanegas y le dijo si quieres más te lo ganas tú. Subía por el Camino del Cristo para ver cómo nacía la cebada y lo encontró junto al manzano de la mojonera, quieto, como si lo estuviera esperando. Cogió un pedrusco para defenderse pero el animal siguió inmóvil todavía un rato, mirándole de frente. Juro que me miraba, insistía el abuelo, aunque no lo creáis, estuvo mirándome un rato hasta que, sin más, enfiló al sur y se fue. Lo seguí con la mirada hasta que se perdió en el pinar. Pude haberle dado con la piedra pero me quedé con ella en la mano, pensando en su mirada. Todavía me acuerdo de sus ojos como si hubiera sido ayer mismo, repetía. Yo también me acuerdo como si hubiera sido ahora mismo. Al contrario que mis amigos de cuadrilla, yo no quería encontrarme con el lobo. O quizá sí, no estoy seguro, pero el caso es que pasaban los años y el animal no aparecía. ¿Y si no volviera nunca más?, nos preguntábamos los mozos a veces, cuando nos juntábamos en las Escavas. Mira que si se acabara la tradición en nosotros, comentó un día Jesús, tendría narices que los padres hubieran sido los últimos... Mirado así... Porque era cierto que después del tío Néstor nadie había vuelto a verlo.

Aquel invierno había sido particularmente duro. La nieve llegó temprana, se enseñoreó de las tierras, se protegió en las umbrías y, en diciembre, durante una semana, se hizo fuerte en la carretera. Las cunetas se convirtieron en barricadas y el asfalto en una pista resbaladiza, lisa y peligrosa. El pueblo quedó totalmente incomunicado durante cuatro días. Los mensajes llegaban y salían a través del teléfono del teleclub, el único del pueblo entonces. Sólo cuando se cumplía el séptimo día la camioneta del reparto, una especie de supermercado ambulante, logró alcanzar la plaza. El sonido repetido de la bocina, avisando a las mujeres de su presencia, fue el primer signo de vuelta a la normalidad.

Yo estaba en casa por las vacaciones de Navidad y, después del trimestre interno, me apetecía salir al aire libre, así que me puse las botas, cogí la moto y enfilé el camino de Báscones con la intención de disfrutar del paisaje y estirar a un tiempo las piernas. El tiempo, efectivamente, había cambiado y el sol alumbraba la tierra con una luminosidad que sólo es posible encontrar en la meseta en los días claros de invierno. El aire era de una transparencia casi irreal y desde el otero de la ermita se divisaba todo el término de Muñó. Animado, monté de nuevo sobre la moto y me encaminé a las cuestas de Santa Cecilia por el camino de Villaverde. Recuerdo bien que iba pensando en la soledad de los campos. Seguramente soy el único ser humano en varios kilómetros a la redonda, estoy solo, absolutamente solo, cavilaba. Al alcanzar el camino de tierra que se bifurca al Cristo y hacia Zael, enfilé en esta dirección, sin que hubiera ninguna razón especial para hacerlo. Quizá iba abstraído por la melancolía de la soledad, *la agria melancolía / que puebla tus sombrías soledades,* que escribiría Machado, o por la emoción del aire libre, tras el obligado encierro. El caso es que no me percaté del arroyo hasta que sentí el crujido bajo las ruedas y, para cuando quise darme cuenta de lo que pasaba, estaba cubierto de agua hasta la cintura y tratando de sujetar la moto para que no se me viniera encima. La superficie del regato estaba helada, de manera que apenas podía moverme. Busqué alguna rama de la orilla a la que asirme para salir de aquella trampa de hielo. Fue cuando lo vi.

Yo también puedo jurar que me miraba. Lo juro por lo más sagrado. Me miraba fijamente, atento a mis movimientos. Ya sé que no es conveniente repetir estas cosas, que pueden creer que no estoy en mi sano juicio, que no es propio sostenerlo tantos años después, el hombre solvente que se supone que soy, un profesional reputado. Pero lo recuerdo con total nitidez, me miraba y así siguió, atentamente, hasta que conseguí alcanzar la ribera y desde allí arrastrar la moto. Lo sé, sé que no debería decirlo. Pero es la verdad. La suya era una mirada humana. Miraba como deberíamos mirar siempre los hombres y las mujeres, de frente, a los ojos.

El abuelo Paco murió en 1964, poco después de que se concediera a Burgos el Polígono Industrial. Al anochecer de un día de finales de verano. Yo fumaba junto a él, fumador empedernido desde su juventud, mi primer cigarrillo de hombre, ante los hombres de la familia, quiero decir. Había aprendido de él a liar picadura y hacía mucho tiempo que fumaba más o menos a escondidas, es decir, delante de cualquiera, incluida mi madre y mi abuela, pero nunca delante de mi padre o de mi abuelo. No había cumplido los quince años y a esa edad fumar ante los mayores se consideraba una falta de respeto. Mi tío Abilio no fumó delante de su padre hasta el día de su boda, según contaba mi abuela. Pero ese verano había sido especialmente duro, a pesar de mi poca edad yo había trabajado como un obrero más, ayudando a mi padre en las tierras, en la era y luego en el granero. Me levantaba a las cuatro de la mañana para ir al campo y volvía ya de noche, con los arrestos escasos para subir a mi habitación y dormir unas horas, para volver a empezar antes de amanecer el día siguiente. Mi abuela me había hecho unas muñequeras de tela fuerte, temiendo que se me rompieran los huesos. Llegué a arrastrar y a cargar pacas de casi dos veces mi peso.

Uno de esos días, al volver de la tierra de Valdolé, mientras mi madre preparaba la cena, me senté en el bordillo de la puerta de la casa y, creyéndome solo, encendí un pitillo. No le había dado dos caladas cuando apareció mi padre y, tras él, mi abuelo. Yo tiré la colilla rápidamente al suelo pero mi padre había visto el brillo, como de luciérnaga, y dio un respingo. Mi abuelo le echó el brazo sobre el hombro. Déjale, si es hombre para cargar la parva, también es hombre para fumar. Mi padre no abrió la boca, pasó junto a mí y se metió en casa. El abuelo se sentó a mi lado. Toma mi chisquero y guárdalo, que yo poco lo necesito ya, pero que no se entere tu abuela, me dijo. Así que, con su chisquero, encendí dos cigarros, uno para él y otro para mí. Entonces apareció mi primo José Mari, que llegaba de Villafuertes. Han concedido el polo a Burgos y Aranda se ha quedado con un palmo de narices, dijo. Eso es cosa del obispo y de la mujer de Franco, respondió el abuelo con amargura, y la han hecho buena. A éste y a otros como éste, señaló a mi primo, les entrará el rumio de irse a trabajar a la ciudad y eso acabará con los pueblos. Yo no lo veré, pero será la ruina.

No supe qué decir. La capital era entonces

para mí el lugar donde estudiaba durante el curso y me daba igual si el polo de desarrollo industrial lo situaban en Burgos que en Aranda. Como si no lo ponían en ningún sitio. Lo que de verdad me importaba entonces era que se terminara pronto el suplicio de la cosecha: la siega, el arrastrar, la trilla, la carga en el sinfín... Me parecía lógico que mi primo estuviera deseando irse a Burgos, a Bilbao o a donde fuera. Yo también quería irme. O por lo menos, no tener que estar todo el verano esclavo de mi padre. Levantándome de madrugada y acarreando todo el día, de sol a sol, decían, y cuando no había sol, lo mismo. Esto no es vida, ni para mi primo ni para nadie, y yo, si puedo, también me iré, diga lo que diga mi abuelo. No pensaba decirlo todavía porque yo era joven pero no insensato y ni borracho se me ocurriría llevar la contraria a mi abuelo.

Di la última calada al cigarrillo y le miré. Estaba recostado en la pared, sujetando la cachaba con las dos manos, los ojos cerrados, el cigarro en la comisura de la boca, como solía, y la expresión tranquila. En un primer momento pensé que también él estaría cavilando sobre el polo de Burgos, pero, de pronto, sentí como un escalofrío, una corriente como cuando se abre una puerta, y me sobresalté. Vamos para adentro, no se quede frío, abuelo, dije, temeroso. Cuando le toqué ya sabía que no me oiría nunca más. Se murió a mi lado, mientras yo me fumaba el primer cigarrillo de hombre.

Al abuelo le siguió pronto la abuela y, unos años después mi madre. La mecanización llegó también al secano, pero mi primo se fue a Bilbao, y yo también me fui. Vuelvo a veces, es verdad, pero rara vez me siento por la noche en el poyo, como entonces, a buscar las estrellas en el firmamento: allá la Casiopea, encima la Osa Mayor y allí la Menor. No lo hago porque no quiero admitir que ha desaparecido el mundo de mi niñez, el mundo que construyó mi abuelo y el abuelo de mi abuelo.

Tampoco los inviernos son como los de entonces, es verdad, ni las faenas del campo tienen nada que ver con aquellas, afortunadamente. La poca gente que queda en el pueblo tiene las mismas comodidades que las de la ciudad. Los labradores lo son, la mayoría, porque han escogido ese trabajo, que es tan bueno como otro cualquiera, mejor que muchos otros. No es eso lo que me preocupa, al contrario. Creo que ese es el primer signo del progreso verdadero: poder elegir dónde quiere uno vivir y cómo.

Lo que me inquieta es el temor de que la ausencia del animal sea esta vez definitiva, la sospecha de que quizá nuestros ojos ya no sean capaces de mirar de frente a los ojos del lobo.

En diciembre pasado se cumplieron treinta y dos años de su aparición en el camino de Zael. Ya se ha perdido una generación. Me pregunto si es que no ha bajado al pueblo o si nuestros hijos no han acertado a verlo. Me lo pregunto porque, como si escondiéramos una vergüenza, hace también muchos años que no hablamos de ello. Ni en las Escavas, donde seguimos reuniéndonos de vez en cuando a compartir recuerdos, chorizo y vino, ni en ningún otro sitio. Cuando murió el tío Néstor lo mencionó Miguel. Tuvo suerte, le tocó vivir un tiempo en que el lobo aún bajaba al pueblo, dijo, mientras le velábamos. También Miguel ha muerto ya. Sus hijos nacieron en Bilbao y vienen poco por el pueblo.

Como la mayoría de nuestros hijos. Algunos días en verano, el tiempo justo para dejar a los chicos pequeños e irse de vacaciones lo más lejos posible. En invierno apenas queda un alma en el pueblo.

Por eso traigo a mi nieta. Para que pise la tierra, para que aprenda a orientarse con las estrellas, a conocer las hierbas, a nombrar las flores, a distinguir las huellas en el camino. Para que aprenda a mirar a los ojos, de frente. La traigo en verano y volveremos en invierno. Por si aún estuviéramos a tiempo.

AGRADECIMIENTOS

Quiero agradecer a Elena Rodríguez, del Museo Sacro de San Juan, por su sabiduría y generosidad. Al personal del Museo Casa de las Bolas, por su paciencia y amabilidad. A Manolo Arandilla, poeta y amigo generoso, director y *alma mater* de la Biblioteca Municipal de Aranda; y a quienes siguen su tarea y custodian la historia y la sabiduría locales.

Doy las gracias a quienes han leído, comentado y revisado estos relatos, de manera especial a Carlos de la Sierra, por su amistad incondicional.